世紀文庫
文學 026

駝背漢與花姑娘

王瓊玲　著

汗路傳奇

假作真時真亦假

吳敦熙 題

名人推薦一

為臺灣社會畫素描

吳志揚

王瓊玲教授是中正大學的良師，教學認真、研究精湛。研究、教學之外，更以悲憫之心、化境之筆，創作出一篇篇感人肺腑的小說。

《美人尖——梅仔坑傳奇》一問世，立即造成藝文界的轟動。豫劇皇后王海玲，更傾五十年的戲劇功力，演出意志堅韌卻遭遇坎坷的女主角——阿嫌，作為民國一百年的年度大戲。

王教授新作《駝背漢與花姑娘——汁路傳奇》，依舊以悲憫的人生觀照、殷實的歷史考據，細膩地刻劃臺灣的鄉土民情、日治時期的愛恨情仇，以及兩岸的情勢變化。

阿惜姨、秋月、田哥、花姑等小小人物，歷經時代狂濤、命運巨變，卻仍以堅強的厚度、不棄不離的深情，來面對人生、追求希望。細細捧讀，咀嚼再三，很難不動容、不神往。

〈阿滿的蘋果〉以一個十一歲小女孩的眼睛看世界，巧妙地呈現民國六十年代的政治氛圍、經濟問題、社會現象。其中，國共緊張、省籍情結、性別不平、貧富差距等重大問題，在小說中，王教授卻舉重若輕，以小阿滿的所見、所聞、所疑、所思，一一點染出來。幽默的筆調、活潑的描述，讓讀者禁不住莞爾，也忍不住喝采。

「為時代留見證、為小人物寫悲歡、為臺灣社會畫素描」——王教授一步一腳印，正努力奉獻著。

（本文作者為國立中正大學校長）

名人推薦二

汗路、人生路

認識瓊玲已超過十年，我們曾是世新大學的好同事，也永遠是隔壁縣的好鄰居。

我來自雲林的古坑，她成長於嘉義的梅山。南臺灣廣袤的山野、淳樸的人情，讓我們有著小同鄉的情誼。

我初任圖書館館長的職務，傾全力擴充圖書藏量、閱聽設備與資訊功能時，瓊玲正好也華路藍縷地創辦世新中文系。大小會議中，我們是合作無間的好夥伴；國科會的大型整合計劃裡，我們更是共同奮鬥的主持人。

我們擁有一大群好朋友，多年來，在充滿陶、瓷、書、畫、玉雕、石刻的藝術中心——精英閣，大夥一起品茗賞酒、把盞同樂；當然，偶爾也會激昂辯論——為了相同的夢想、不同的理念。

數年前，瓊玲返鄉任教於中正大學，週週南北奔波，卻未見疲憊，反而活力十足、成果斐然。她一邊鑽研古典文學，一邊創作現代文藝，成為海峽兩岸知名的學者，也躋身有口皆碑的小說名家。

多年累積的學術造詣，如鹽入水般的溶進瓊玲的小說中，豐盛的內容、曲折的情節、多變的人性、無常的命運，讓一個個本土小人物都躍出紙面，頂天立地起來。

於是，漫天戰火、天災疾疢、骨肉流離、人倫乖悖的慘痛場景，在小說中一一重現；然而，田哥、花姑、阿惜姨、秋月……這些可親又可憐、可悲又可敬的主要角色們，卻都堅定強韌、知足順變，在無情的時代流淌著有情的血淚。

至於其他配角們，如：教導田哥能樂天達變的老阿公；行為有些白目卻一心惜幼憐貧的大火龍；極端崇日媚日，卻換來家破人亡的趙家阿叔；飽受「戰後創傷症候群」凌遲的田井次郎……一個個都面目鮮活、個性分明，讓讀者既震撼又窩心。

這就是瓊玲念茲在茲、挖心剖肝所寫出來的「汗路傳奇」。

汗路傳奇中，無鬼神、無靈怪、無超現實的奇夢幻想，卻是有血、有淚，有追求、有幻滅，有鄙俗難堪、有殘酷無理，既呈現了眾生掙扎求活的身影，也蘊藏人世間最真實、最具體的喜怒哀樂、愛恨情仇……

由梅仔坑市集向著十多個山村輻射開去的「汗路」，是兩三百年間，先民們挑著重擔、淌著汗水，上下海拔一千多公尺，穿山越嶺所踩踏出來的謀生小徑。小時候，我走過梅仔坑蜿蜒崎嶇的汗路，知道所謂「一坎到肚臍、一坎到目眉」的險峻，真的一點也不誇張。如今，物換星移，景物雖改，故事與人情卻藉由瓊玲的小說流傳著。小說中陡峭的石階、青苔的土路、奔流的清水溪，會永遠載錄著梅山鄉、甚至全臺灣的坎坷與奮鬥。

我期待深具歷史意義的汗路，能永遠被善待、被保存，讓我們能體會它的艱辛、它的偉大；而走過汗路與人生路，也會讓我們更有信心、更有愛心，去為子子孫孫開闢更多更好的康莊大道。

（本文作者為世新大學校長）

名人推薦三

寫「人生」，也寫「人間」

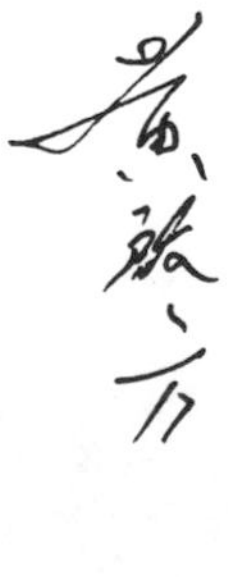

繼《美人尖》之後，瓊玲在短短的兩年內又完成了「梅仔坑傳奇」的第二部；這一輯裡包括了三個中篇：〈駝背漢與花姑娘〉、〈阿惜姨〉和〈阿滿的蘋果〉。

瓊玲用她一貫清晰的描述、冷靜的筆觸和悲憫的心情，並偶而用「意識流」的筆法縱入其境，把發生在梅仔坑的古老傳奇——或者應該說是人世間普遍存在，隨時都可能被挖掘出來卻暫時隱藏的事實，像說書人一般娓娓道來，情見乎詞；又有劇作家的器局，讓梅仔坑這個小得不能再小的「劇場」，搬演了人世間大得不能再大的劇情。這種「納須彌於芥子」的本事，讀者應該是很容易感受到的。

瓊玲小說中的主要人物往往就是一個，除了第一輯〈老張們〉用了「們」字作一個概念的傳達之外；但這一輯有了新的發展；〈阿惜姨〉雖然看似以阿惜姨為主線，但秋月應是另一條主線。這兩位受了許多身心煎熬卻都能活到八十幾、一百多歲的苦命婦人所表現的韌性，讓人驚訝！甚至連阿惜姨的媳婦阿珠都活到八十幾歲，這難免會讓人困惑。我們當然不必引孟子「天將降大任於斯人……」那一段話來解釋這三個婦人的「偉大」，但面對生活艱困和命運乖舛的雙重折磨，她們所表現的堅強生命力，並不比被上天賦予大任的大人物遜色。而像阿惜姨、秋月、田哥這類人物，往往就在我們的周邊，與其說他們都很「認命」，不如說他們更能「正視」生命；從阿惜姨和秋月這兩位相依為命、卑微可憫的老婦人的互動之中，其實可以讓人學得很多，譬如那些經常被大人物掛在口邊的、諸如「知所進退」之類的道理。

〈駝背漢與花姑娘〉是唯一從篇名就可以確知它是一旦一生的雙峰發展，一個只知道默默效忠主子、無怨無憂的駝背漢，一旦和原有花痴的花姑在命運的作弄下成了夫妻，兩個形神各有殘缺的生命的結合，使雙峰合而為一，並抒發了人性最善良真實也最可貴的光輝。

讀瓊玲的小說，難免會覺得沉重，因為人物的遭遇都是那麼不堪。然而無論是〈美人尖〉、〈阿惜姨〉或者〈駝背漢與花姑娘〉，要告訴讀者的應該都是故事背後所蘊藏的「人生」和「人間」。我們每一個人都有一個屬於自己的人生，我們每一個人也都要面對所有人共同生存的人間。怎麼樣讓我們在人間的生活和生命，都能夠在自主而有尊嚴的前提下，切實的經過並盡心的完成，才是重要的，哪怕是艱辛而悲涼的，只要它是真實的。

這是我讀瓊玲這兩部小說的感受和感動，也願意鄭重的表示我的推薦之意！

（本文作者為國語日報社董事長、世新大學中國文學系教授。曾任台大文學院暨世新大學人文社會學院院長）

名人推薦四

排演《美人尖》，期待《駝背漢》

「王瓊玲教授要出第二本小說了！」聽到這個好消息，我和所有臺灣豫劇團的同仁都雀躍歡呼，高興不已！

初次與王教授會面，是豫劇《劉姥姥》的首演會前。她到高雄文化中心演講，用投注多年的學術專長，宣傳《紅樓夢》的精采與不朽；又以「死忠粉絲」的身分，肯定了我與豫劇團隊，在舞臺上的血汗與奉獻。

那場演講座無虛席、掌聲不斷。觀眾們時而被她逗弄得哈哈大笑，時而被她感動到泫然欲泣。我心中不禁暗暗喝采：

「好一個會說故事的人呀！」

不久，這位「很會說故事的人」，真的就用小說《美人尖》說了許多悲歡離合的人生故事！

「海玲老師，我下筆寫《美人尖》的主角『阿嫌』時，心中想的就是您！您一定可以把阿嫌的愛、阿嫌的恨；阿嫌的糾纏、憤怒；阿嫌的戰鬥、痛苦……演得淋漓盡致。」

「您絕對會讓阿嫌活過來——不只活在舞臺中、更永遠烙印在人們心版裡！」

王教授誠誠懇懇又斬釘截鐵地對我說。

而我、藝術總監韋國泰先生及評審小組閱讀完小說之後，二話不說，就決定演出臺灣本土豫劇——《美人尖》，作為慶祝民國一百年的年度大戲了。

當我與編劇劉慧芬教授（文化大學戲劇系主任，編寫豫劇《劉姥姥》、《錢要搬家啦！》、京劇《胡雪巖》等）、導演林正盛先生（榮獲二〇〇一年柏林影展「最佳導演獎」、「最佳新人演員獎」等）、朱海珊老師（臺灣豫劇團當家小生，第十五屆全球中華文化藝術「薪傳獎」得主）全力投入《美人尖》的排練時，又抽空先拜讀王教授即將出版的第二本小說《駝背漢與花姑娘——汗路傳奇》。

我深深被田哥與花姑堅韌、樂觀的生命所感動，也心疼著阿惜姨刻骨銘心的痛楚與無怨無悔的慈愛。而小女孩阿滿所看到的人、所經歷的事、所渴求的物質，正是臺灣這塊土地，在歷經中日、國共兩大戰禍之後，努力掙扎著要站起身來，奮力要跨步走出去時的景象。

捧著小說，我揪著心、紅著眼、酸著鼻子，仔細讀著……走上舞臺，我痴著心、亮著眼，　聲聲唱著、扮演著……

王教授用嘔心瀝血的小說在寫小人物、寫大時代。

我則用落地生根的豫劇來呈現臺灣情、表達鄉土愛。

所以，《美人尖》的演出、《駝背漢與花姑娘》的出版，都需要鼓勵、支持與指正。

我們期待大家走入豫劇的藝術世界，也走進臺灣的「汗路傳奇」……

我們都相信，小說與戲劇有著多樣的人生、多變的人性，但也有著我們的夢想與未來……

（本文作者為臺灣豫劇團的當家名角。榮獲第四屆國家文藝獎戲劇類等多項大獎，唱腔圓潤、身段俐落，是享譽全球、得獎無數的全能藝術表演家，更是文武兼備、宜生宜旦的「豫劇皇后」。）

名人推薦五

梅山的女兒

沈耀宣

梅山舊名「梅仔坑」，有著好山、好水、好鄉親，也有一脈汩汩流動的文學潛流：前有享譽臺灣文壇的先進——名小說家張文環先生；後有海峽兩岸知名學者——國立中正大學中文系教授：王瓊玲博士。

瓊玲是我們梅山好山、好水、好鄉親所培育出來的好女兒。其先翁王清泉先生，兼具詩、文、書法三長，「志道、據德、依仁、游藝，一生明月；務農、行醫、執教、從公，兩袖清風」是其一生寫照。且因生性耿介，急公尚義，故鄉親們賜予「公道伯」的尊號。

瓊玲是公道伯最小的女兒，排行第七，自幼聰穎活潑，擔任班長多年，頗有女將之風；成績優異之外，還時常代表學校參加國語文競賽，曾獲得全嘉義縣演講比賽冠軍、南部七縣市作文比賽第二。

瓊玲自小雖然多才多藝，卻又很懂得勤勞與孝順。課餘之暇，常看到她在筍乾行內當童工，小小身軀坐在木板凳上，兩手忙碌地剝撕著黃筍片，兩眼卻盯著膝蓋上攤放的《孤星淚》或《西遊記》，看得津津有味。年年歲暮，王先生應鄉親之邀，揮毫題寫春聯，瓊玲也都隨侍在側。父女倆忙碌的身影，不只有親情的溫馨，也有文學的傳承。

嘉義女中畢業後，瓊玲就讀於東吳大學中文系。寒暑假，必定返鄉工讀，擔任嘉義縣公車處的車掌小姐。她隨車服務，足跡遍及雲嘉地區的山林田野、大小村落，更目睹、耳聞許許多多的風土民情、人生起落。因此，艱苦的工讀生活，拓展了她的視野、深化了她的情感，也為日後的創作小說奠下了豐厚的基礎。

攻讀研究所期間，瓊玲以古典小說為研究重心，《野叟曝言研究》一書，是她初試啼聲的學術論著。因表現優異，畢業後，即留在母校東吳大學擔任講師。隨後專職於世新大學，並繼續攻讀博士學位。近六十萬字的《清代四大才學小說》，由國際知名的商務印書館出版，屢次獲學術研究獎項。瓊玲在學術與教育路上，從此開始發光發熱。

身為梅山的女兒，瓊玲有著樸實的精神、高昂的鬥志，她完成《古典小說縱論》一書；發表多篇論文於中國的社會科學核心期刊《明清小說研究》上，成為海峽兩岸知名的學者；更華路藍縷，創立了世新大學中國文學系，擔任第一屆系主任。

創業維艱，為了建立口碑與特色，瓊玲完成了兩個跨院校的大型整合計畫，一是擔任國科會的〈世界華文文學資料典藏中心之建立及網路設置計畫〉的籌備人及主持人；二是擔任教育部〈提昇國語文基礎教育計畫——古典與現代、傳統與本土的融合〉的撰寫人。這兩項大型計畫，總共獲得新臺幣四千餘萬的補助款，堪稱中文界「不可能的任務」，但瓊玲卻一口氣辦到了，真不愧是我們的「梅山之光」！

瓊玲身在台北，心卻深繫故鄉。父親臥病期間，她週週南北奔波，從未懈怠。後來，為了侍奉老母，更毅然轉返故鄉，任職於國立中正大學中文系。她教學認真，是公認的好老師；她孝順友愛，是王家及梅山的好女兒。

瓊玲又完成了《野叟曝言作者夏敬渠年譜》、《夏敬渠與野叟曝言考論》兩本擲地有聲的著作，在學術研究上，有了可以告慰父母的豐碩成果。活力充沛的她，絕不以此為滿足，反倒是奮足奔赴另一條她嚮往已久的跑道——小說創作。

就讀大學期間，瓊玲就以小說〈綠卡〉，獲得東吳大學的「雙溪文學獎」。後來，浩瀚的學術研究、艱困的教育使命，讓她得忍痛割愛，暫時壓抑住蠢蠢欲動的寫作欲望。

但是，從小累積的作文天賦、耳聞目見的奇風異俗、百味雜陳的小人物悲歡，早已醞釀成熟，滾盪於胸壑，到了不得不噴薄而出的地步了。於是，瓊玲懷著感恩、敬畏又悲憫的心情，寫下了她的《美人尖》及《駝背漢與花姑娘》。

這兩本擲地鏗鏘的小說，內容正是半世紀以來，梅仔坑、臺灣、中國大陸環環相扣的繁華與悲涼。

瓊玲大量運用「倒敘」、「正述」的交叉綜合筆法，營造今昔對比的氛圍，用來強調時代變遷中，多重人性的變與不變。從「變」中反思時代的滄桑、人情的涼薄；從「不變」中，肯定人性的淳厚、生命的脆弱與頑強。故有「為時代留見證、為小人物寫悲歡、為臺灣畫素描」的努力與雄心。

瓊玲又大量運用「意識流」的創作技巧，深入角色的內心世界，書寫其絲絲隱隱或天崩地裂的悲歡。因此，讀來都動人肺腑。

平時忙碌於教學與研究，課餘之暇，瓊玲曾帶著筆記電腦去訪問耆老，常跋山涉水去觀察草木，更經常為了構思情節、琢磨字句而焚膏繼晷、不眠不休……

捧讀瓊玲的小說，會強烈感受到她對歷史真象的探索、對臺灣土地的疼惜、對淳樸小人物的悲憫。因此，其創作的筆調，無論是幽默風趣、哀痛纏綿或霽風朗月，她都投注了款款真切的情意。

我身為瓊玲的啟蒙老師及小學校長，看到她深耕文壇、收穫豐碩，內心有著無限的欣慰；得知她飲水思源、回饋故里，將兩本小說的永久版稅捐贈梅山文教基金會，我和所有的鄉親一樣，有著無比的感動。真不愧是公道伯及梅山的好女兒呀！

瓊玲！努力寫吧！全梅山的鄉親都在為妳加油！

（本文作者為梅山文教基金會榮譽董事長、前梅山國小校長）

駝背漢與花姑娘

汗路傳奇

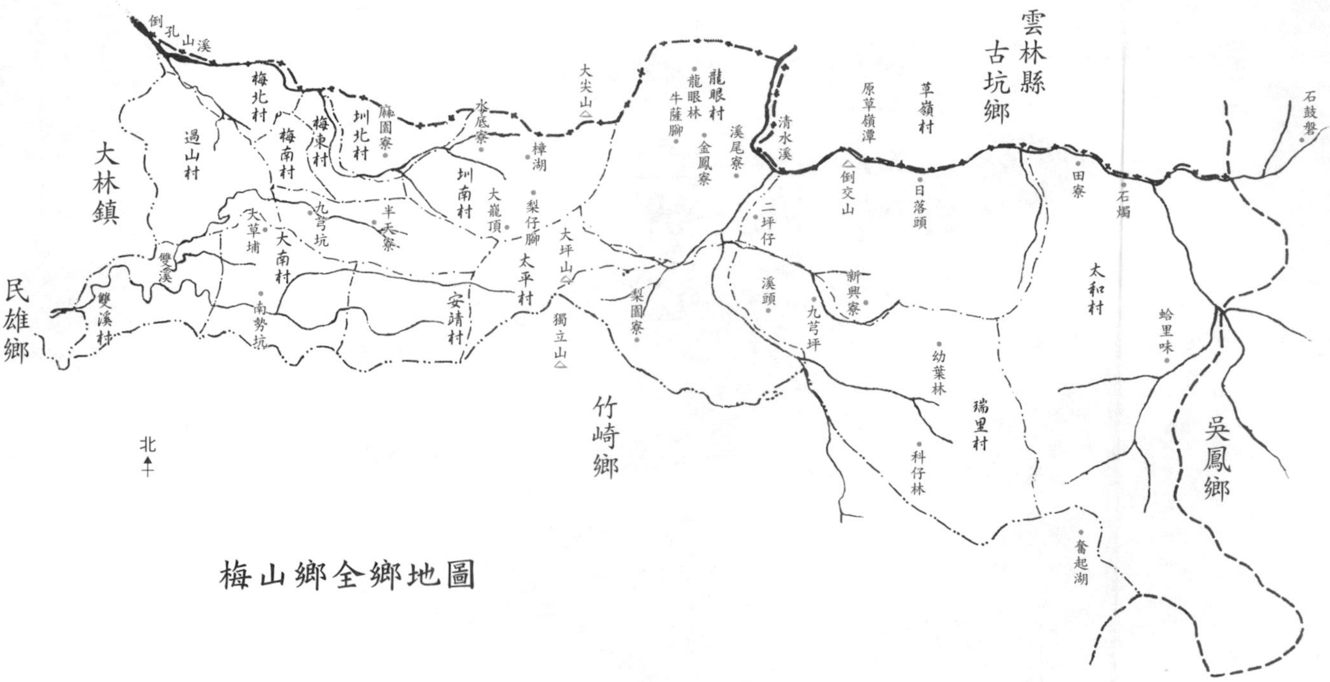
雲林縣
古坑鄉
吳鳳鄉
竹崎鄉
大林鎮
民雄鄉
倒孔山溪
梅北村
梅南村
梅東村
圳北村
圳南村
過山村
麻園寮
水底寮
樟湖
大尖山
大龍頂
梨仔腳
大坪山
太平村
獨立山
安靖村
大草埔
大南村
九芎坑
半天寮
雙溪
南勢坑
雙溪村
龍眼村
龍眼林
牛蕯腳
金鳳寮
溪尾寮
清水溪
梨園寮
二坪仔
溪頭
九芎坪
新興寮
倒交山
原草嶺潭
草嶺村
日落頭
幼葉林
瑞里村
科仔林
田寮
石燭
太和村
蛤里味
石鼓磐
奮起湖
北

梅山鄉全鄉地圖

駝背漢與花姑娘

林中劣田

全梅仔坑老老小小都叫他田哥。年紀比他大的，不認為吃了悶虧；輩分比他小的，也不覺得占到便宜。

那是個叫做「日治」的時代，田哥出生在「臺南州嘉義郡小梅庄」。小梅庄就是梅仔坑，十幾個村落散布在蒼山翠嶺中。數百年來，村民挑賣出一擔擔農作，也踩踏出一條條「汗路」。汗路的中點是望風臺，望風臺再往後一點是大坪村，大正天皇末年，田哥就在那裡呱呱落地。

打從鑽出娘胎的那一秒起，田哥的背脊就不講情理的向下彎——對著人、對著土地，哈下腰身，近九十度的大鞠躬。想抬頭瞧瞧天色、看看人臉，還要用力伸直脖子，仰抬頭殼，再撐開厚敦敦的眼皮，瞪大眼珠子往上吊。

那模樣呀，連他自己都覺得像烏龜。但是，儘管這麼努力，仍然只看到人的半身、天的一角！

他全名叫做「林水田」，不知道是誰取的，可能是早死的阿爸，也可能是晚一點死的阿公，但不管是誰，他都沒印象，也完全不在意！

他在意的只是——這名字取得不好，大大的不好！樹林裡怎麼會有水田？假如有，也絕對是蚯蚓不鑽洞、烏嘴鵯沒蟲啄、白鷺鷥也懶得飛下地的劣田。

就因為樹林裡不會有好水田，所以，神龕裡的祖公、祖媽，以及急急丟下他、趕著投胎去重新做人的阿爸，真的都沒留下任何 塊田。而餓得面色青黃的阿母，好不容易等到阿爸嚥下最後一口氣，就立刻拎起包袱，頭也不回地改嫁去——改嫁到真正有水田的農家去。

田哥是怎麼長大的？不只他搞不清楚，恐怕連老天爺都糊里糊塗。

據說：七八歲時，他那當了一輩子佃農的阿公，突然得了不知是啥名目的急症，插秧時，插著、插著……雙膝一跪、身子一撲，就趴跌在地主趙家的水田中央。癱倒下去時，無聲又無息，只把綠油油的秧苗，壓印出一具扭曲的身形。

也不知道過了多久，才被巡田水的人發現，大夥七手八腳把他抬到大柳樹底下，又是掐人中、吸鼻孔，又是壓胸口、唸驅鬼咒的……折騰了大半天，阿公還是將兩條腿越蹬越直，大氣小氣都懶得喘了；一張皺巴巴的老臉，黑汙汙全是田泥，兩顆血紅紅的老眼，卻圓鼓鼓睜著、瞪著，瞪得趙家上上下下、大大小小直打哆嗦。

不只這樣，阿公被換上了簇新的壽衣——鄉親捐的，住進了四塊薄板的大厝——保正❶募款買的，就要抬去墳仔埔埋了。

梅仔坑的佛、道二家，不只從來不吵架，還會魚水相幫，合作得相當愉快。像出殯這種天大地大的事，按照百年來的老規矩，絕對不能缺和尚誦經，也一定要有道士引魂。所以，窮歸窮，簡歸簡，一切不能草率的，還是都由鬚髮盡白、一臉威嚴的老保正領隊，恭恭敬敬執行著。因此，阿公卑卑屈屈一輩子，在最後的行程，總算要到了最起碼的面子。

送葬的隊伍中，用來招魂領魄的白色幡旗，被道士高高舉在前頭；用來引靈帶路的銅鈴，隨著和尚一開一合的嘴唇，叮叮噹噹搖著；兩三個吹嗩吶的，頭纏白布巾，腳踩芒草鞋，鼓脹起兩大坨腮幫子，撕肝又裂肺地吹，吹奏起一頭一臉的紅血筋。

除了親孫子，沒有三親九戚來哭送。還好，偌大的梅仔坑，十多個庄頭，熱心的鄉親還真不少，有的一路相陪，有的臨時加入或半途退出。小小的田哥，全身披披掛掛，纏裹著白布與粗麻；肚腰與頭頂，還分別繫上一截草繩，糾打著大小兩個死結，看起來不像孝眷，活

❶ 保正：日據時期的村長。

脫脫是個紮壞了、嚇不走鳥兒的稻草人。

小小稻草人，腰桿彎、背脊隆，兩隻樹杈般的枯瘦小手，端捧著香斗爐與神主牌，一路上，隨著人群茫茫走著。幾天來，他不是呆滯就是驚慌，怎麼學都學不會大人教導的禮數——甚麼跪爬磕頭、摔瓦盆嚎哭，甚麼攔馬路、擋抬棺，再加上要捶胸膛、頓腳蹄的……每一項的每一樣，他都做得零零落落，不合標準。好在，此時他的腰彎得夠低、背駝得徹底，所以，鄉親們都豎起大拇指，稱讚他是個恭謹的好孝孫，阿公辛苦那麼多年，總算沒白養白疼了。

棺材慢慢地抬出庄頭，少掉了大眼小眼的鑑賞與監督，本來就不齊整的隊伍，走得更散漫了……

風一陣陣、一浪浪，從大龍頂、馬鞍山的山巔吹落下來，把梅仔坑大大小小的細胞都吹活了。嫩柳條冒出尖芽，招搖著多情的手指；水草脫去枯葉，扭擺起不甘寂寞的細腰；桃花紅得燦爛、李花白得照眼；亮出一身新羽毛的鵲鳥，跳叫出滿山遍谷的春天，把高拔的嗩吶、清脆的銅鈴，全都壓下去了。

熱熱鬧鬧的風景，迎著人的臉，從山坳、從崖邊，一幕幕轉呈出來，展覽夠了、炫耀足了，再慢吞吞地向後倒退，歸到原處。溫溼的空氣，布滿了挑逗，抬棺的、送行的都不自覺放慢了腳步……腳步放慢了，眼睛卻賊溜溜地轉，東瞧瞧、西望望，哪像是在出殯？倒像扔下鋤頭，一起踏青玩樂了。

「春雨貴如油」——幾來天，老天爺發了慈悲，讓梅仔坑的山林田野，都足足喝飽了甘霖。雨後的清水溪，奔洩著滔滔的活水。兩隻藍綠色的豆娘，全身閃射金屬的光芒，八片薄紗翅，噗呀噗地震抖著，正使出全身的力氣，挺彎了腰腹，大剌剌地進行交尾。天雷勾動地火的架勢，拱搭起一個美妙的「♡」字型。

小田哥腳步停了，脖子歪扭了，直直瞪起烏龜眼，看都看痴了……香斗爐捧歪了，神主牌差點掉了出來。老保正怒喝一聲，往小稻草人的天靈蓋拍下去，才把他的三魂七魄打回來。

走著走著，經過了阿公耕作一輩子的水田，也不知是他老人家在生氣？或是在開玩笑？或者——僅僅是那陣風剛好太猛、太強而已？總之，握在道士手中的招魂旗，竟然「噗！」一聲，當眾就裂破了！長長的麻布條，被風捲刮著，扶搖直上青天，飄呀飄、蕩呀蕩的，像一朵徘徊人間的白雲。

白雲搖搖顫顫，兜轉了好幾個大圈，才緩緩飄降，而且不偏不倚，就飄落在阿公癱倒的水田中央。

這下子，地主趙家可就更緊張了。墳土一掩上，他們就關起大門，開了好幾次家族大會，吵了好幾回架，才下了艱難的決定——收養孤苦伶仃的田哥。

說好聽一點是：收養遺孤，告慰辛苦一生的佃農。實際一點則是：找到了長期童工，而且，是免付錢的。

童工很好養，雜七雜八的粗事與細活，他都做得下手、幹得俐落；既不用上甚麼學堂，又不必耗費太多的米糧。而且，隨著日升月落、冬去春來，從不吭氣、也不抗議的小小田哥，就自己乖乖長大了。

長大了！頭殼、脖子、軀幹、腿肚都變粗變長又變大，但是，身子骨卻沒拔高多少，依舊固執地佝僂著，背脊朝著天，面龐俯向地，從小烏龜變成了大烏龜。

大烏龜的兩片脣肉厚突突的，像嘟著嘴的黑猩猩，不過，一見到人，猩猩嘴就會立刻扁裂到耳根，點著頭「嘿嘿！呵呵！」地笑。一張臉窄窄的，面頰沒啥肉，一路從太陽穴削到下巴尖。整排門牙你擠我、我推你，彼此容納不下，只好向前又歪又暴，偏偏還蛀掉了一兩顆，讓他講起話來，常常漏風又離調。

一雙腳丫子，因生得自由、長得特大，大到像兩把蒲扇。腳掌皮很硬，厚到不必穿鞋，不管隆冬或酷夏，總是邁著被支使東、被指派西的外八字。而每一步的大外八，都踏出筋骨咯咯響的力道。粗壯的手臂，一左一右從胳肢窩掉出來，像兩隻大棒槌，一快走，棒槌就吊掛在背脊後面，前拋後甩、左擺右盪，樣子很唐突，不像烏龜在爬行，倒像肥鴨子在逃命。手掌心則粗砂砂的，一點也不輸給樟樹皮。兩手很少閒著，不是捶鎚子、就是推鋸刀；不是提籮筐、就是扶扁擔……

他號稱被收養，但是，「趙」這個姓，卻一撇一劃、一橫一豎都不肯讓他沾上邊，他只好繼續當樹林中瘦嶙嶙的劣田，當得認命又認真。

豬寮歲月

趙家的大院落是祖傳的，即使到了日治時期，這座百年大瓦厝，仍舊是梅仔坑數一數二的豪宅。田哥住的屋子，躲藏在雜樹叢中，距離大豪宅有好幾百步。

說田哥家是屋子，還真的是抬舉它——那地方原本是豬寮，養過賺錢的黑毛豬。豬瘟一來，大大小小，五六十隻都爛起豬蹄，抽抽搐搐、喘吐一嘴的白泡沫，兩三天內，死得精光，趙家就不賠本再養了。也因為這樣，從小窩在柴房，跟老鼠、蟑螂睡了十幾年的田哥，才興起了搬新家的念頭。

新家——有著不堪的破敗：七零八落的乾芒草層層疊疊堆壓著，就當成是遮日擋雨的屋頂。本來哪有甚麼牆！是田哥去深山砍下大桂竹筒，拖回來豎成柱子，再用竹片編成牆面，糊上了牛糞、稻稈與黑泥巴混合的土漿，才勉強打造出他藏身的窩。而這個窩，不管田哥再怎麼打掃和刷洗，永遠駐守著一股頑強的豬屎味。

他一天到晚忙得很，忙到像陀螺在打轉：不是駕水牛、駛鐵犁，翻耕著一畝又一畝的梯田，就是趴在山坡地，種下一株又一株的柑橘苗。不是跪在燙出水泡的田水中除草，就是從山坳底挑出一擔擔粗重的蕃薯、檳榔或竹筍。至於，扛大肥澆菜園、入深山砍乾柴、割青草餵水牛……這些農事，更是三百六十五天，天天都是他的分內事。

就這樣，彎腰駝背的田哥，種出了滿田彎腰駝背的好稻穗。他興高采烈被主子家重用著，自豪一個駝背身，抵得過三個精壯漢。

「樹若大欉，就要散株；人一長大漢，就要分碗箸！」田哥是遵循古訓的。他認為長期倚賴趙家很丟臉，獨立過日子，才對得起天上的阿公。還好，當他翻修完豬寮，搬進去過活時，趙家抵擋不住村民的冷嘲熱諷，才開始撥發一些薪資和米糧給他——不過，卻只有其他長工的三分之一。

田哥沒敢計較，理由很簡單——「彼當時，若不是趙家叔公收養我，我都不知死到地獄第幾層去囉！叔公去天頂做神仙後，阿叔還繼續看顧我。我一家一命都是趙家救的，做人不能昧良心，要知曉感恩呀！」

他笑呵呵，逢人就主動替主子申冤。趙家也就理更直、氣更壯地虧待他了。

沒人知道田哥會不會寂寞、怕不怕孤獨？他低著脖子垂著手，立在五十多歲的主人面前：「阿叔！我……我一個人顧……顧筍寮、巡果子園。三更半暝，暗……暗迷矇，不是踏到龜殼花，就是摸……摸到青竹絲；不是撞到山……山壁，就是滑……滑倒在山溝仔底，摔得烏青或見紅，面龐腫歪歪……若……若有一隻狗，會……會目較明、身較有膽。」

憋了很久很久，這個請求才衝出田可的厚嘴唇，但還是囁囁嚅嚅、結結巴巴，像做賊在招口供似的。

「『哪尼❷』？你要飼狗？『巴格野路❸』！真正是『巴格野路』！」趙家阿叔很意外，也很憤怒，口一張，噴射出來的，全是齷齪的東洋咒罵……

他留著短短的西裝頭，頭中央分開一條楚河漢界，髮油抹得很足，足以黏住蚊子、滑倒蒼蠅。身材肥凸又五短，卻偏偏愛穿長不溜丟的和服。蒜頭鼻下面，留著一小撮仁丹鬍。也曾學過幾年劍道，只可惜混不到任何段數。平日在家，嘴角習慣向下垂，緊緊閉成一條鎖鍊；眼珠子則特別小，活脫是兩粒龍眼籽，一點也談不上威嚴，生氣時，只好「唰！」地豎起眉頭，呵斥出日本男人的震怒狀。

那個錯雜的時代，親日派雖然是主流，但是，老一輩的鄉親，還是拒絕被「皇民化」。他們厭惡趙家阿叔的行止，痛罵他戴著「日本假面」作威作福。嘴巴苛薄一點的，甚至在背後嘲笑，說他寬禿的前額，擠壓出來的抬頭紋，活脫脫是個「王」字；從鼻翼到嘴角的法令紋，

❷ 哪尼：日本語的「甚麼」。

❸ 巴格野路：日本語的「渾蛋」。

像被菜刀切出來的「八」字。而且，這張「王八臉」，不管是睫毛尖或牙齒縫，都在高喊：「天皇陛下萬歲！」

不過，上天也真會作弄人！他那麼尊崇天皇、熱愛「祖國」，卻完全缺乏語言天分。日本在臺灣推行「國語❹」已經很久了，他學來學去，只有喊「哪尼」和「巴格野路」比較順溜而已！

因此，不能全家拋棄臺灣母語，二十四小時都用「國語」來交談；不能在門楣掛上「國語家庭」的牌子，享受日本祖國所頒示的「榮貴」，一直是他最大的遺憾。

有了最大的遺憾，當然就會帶來第二大遺憾。因為不是「國語家庭」，就不能公開申請，正式改為日本姓氏。

面對此項遺憾，他採用了儒家窮則變、變則通的辦法：既然百家姓中排行第一的「趙」字，不能棄若敝屣，那就不情不願地使用著吧！只要私下或對外，自稱是姓「田井」就好了。

為何選中這個姓氏？他振振有詞：「是為著要讓子子孫孫詳細記住趙家祖先賴以維生的田土和井水。」

---

❹ 國語：日治時期「國語」指日本語。

句子很長，說的人累，聽的人更累。

「飼狗！我白白的米飯要拿去飼無路用的狗？」聽了田哥的請求，阿叔暴跳起來，抬頭紋與法令紋更深峻了。

「你人沒活活餓死，就是前世燒好香、這世狗屎運了，還想要飼狗！你還有剩飯剩菜？好！自下個月起就減發半斗米，以免你偷偷留去給狗吃。白痴！頭殼壞去，未曉加減、不知乘除！飼狗會賺錢？狗會拖犁？會割稻？『巴格野路』！真正是『巴格野路』！」

田哥的腰背是彎的，所以，阿叔指不著他的鼻子。不過，俯低的腦門，正好承接了驚天動地的轟炸。

「俗語講：『瘦狗主人貧、肥狗主人負。』——狗飼得瘦巴巴，我姓趙的田井家會落衰、面子盡掃落地；狗飼得肥滋滋，別人又會罵我疼惜狗、刻薄人！我飼你就已經是有天、有良、有慈悲了，還要替你飼狗？免做夢！」

田哥頭垂得更低了，裸露出來的脖子像挨到機關槍。而且，一陣陣瘋狂的掃射，把每個月已經少得可憐的米糧，硬是又轟掉了半斗。

田哥當然不會知道，有了他，趙家真的不需要再養狗，無論是搖尾討吃的、看門抓小偷的，全部都可以免了。

養不到狗可做伴，田哥還是喘吁吁、喜咧咧地在田裡割稻，在竹林裡挖筍。粗麻線織成的大穀袋，塞得脹飽飽，一袋接著一袋，甩上他的肩頭，再扛進大穀亭去堆放。甘甜的桂竹筍、粗壯的麻竹筍、脆嫩的白露筍、溼土冒芽尖的孟宗筍，則按照春、夏、秋、冬的循環，被他一擔擔、一筐筐挑去梅仔坑市集叫賣，叫賣出一張一張可讓趙家阿叔沾著口水數的鈔票。

夜裡，幹不了農事了，田哥就坐在門檻，就著滿天星斗，拉起了阿公留給他的樂器——大廣絃。〈都馬調〉、〈七字調〉、〈牛犁歌〉他都會唱，連翻過中央山脈的〈後山調〉、東北海角的〈葛瑪蘭調〉，他也拉得有板有眼。至於唱得好不好聽？哪有甚麼要緊！反正身旁只有山風、蟋蟀、樹蛙及貓頭鷹在聽。

老實說，娶不娶、討不討得到老婆，田哥並不是非常在意，生活的一切，他都自己來。白天忙農事，一刻也不能喘息；夜裡，縫鈕釦、打補丁、洗衣裳、煮蕃薯、蒸芋頭……屬於女人家的活兒，他也像盲人一樣，摸著黑就做得透徹。

至於成年男人的那檔事呀……可能是農事太勞累，也可能是央請「五兄弟」幫忙，或頂拱著破棉被消火氣。總之，他常常挑重擔到市集去賣農作，但市集旁賣肉的黑窯子，他卻死也沒踏進過一步。任憑涎著臉的娼婆與龜公，橡皮糖般地黏上身，再怎樣推拉、怎樣促銷，他都不動如山。而妖妖嬈嬈的姑娘們，儘管揉他的腿肉、掐他的耳朵，甚至拉扯他的衣袖，他也都用「沒錢」、「要回山上割筍」、「田內雜草淹腳肚，不除，阿叔會罵」當理由，一溜煙就閃得不見烏龜影。

花姑娘

可是，再怎麼樣，田哥還是討到老婆了，就在他二十多歲的那年。

當時，中日戰火已經狂燒許多年，第二次世界大戰也打得如火如荼。臺灣地區，從城市到鄉鎮，雖定期有青年團的嚴格操練，帶來一些戰爭的肅殺氣息，但基本上還是男婚女嫁、風平浪靜。

原因很簡單：臺灣是殖民地，能上戰場去殺人或被殺，都是揚眉吐氣、光宗耀祖的大事，只會派給尊貴的大和青年。至於臺灣人——不管是原民或漢人，都屬日本的次等國民，忠誠度被懷疑，哪有資格去為天皇效命？

因此，傳言中，李鴻章所認定「男無情、女無義；鳥不語、花不香。瘴癘之地，棄之不可惜」而割讓掉的臺灣，還暫時擁有人畜無傷的太平歲月。而且，所有的「化外刁民」，在巡查大人❺的嚴刑拷打之下，竟還過著夜不閉戶、路不拾遺的寧靜生活。

是怎樣娶到老婆的？田哥照樣搞不清楚，老天爺也依舊糊里糊塗。而且，娶進門的田嫂，還是梅仔坑有名的「花姑娘」哩！

花姑娘就是花姑。花姑是土里土氣的本名，花姑娘是寶里寶氣的綽號。不管是綽號或本名，都有著一言難盡的曲折。

有人說，她出生時，寶島種出來的「花姑」大豐收，品質甚至贏過原產地日本。她那不識字的阿爸，為了討好東洋鬼子，小女嬰便取了這個名字。不過，申報戶口時，戶政單位的

❺巡查大人：日本警察。

職員，不知是粗心大意，或是漢族主義作祟，硬是把花「菇」的草帽子摘掉了，就這樣生米煮成熟飯，改都改不回去！

若再問起：「花姑娘」究竟是哪種花？

答案不會太文謅謅，甚麼香遠益清的蓮花、疏影暗香的梅花，她是絕對沾不上邊的；而豔麗的桃李、嬌嫩的梨杏，也不會讓人聯想到她；至於，楚楚可憐的含笑或清清秀秀的茉莉，那更相差得十萬八千里。

大家公認，她若不是風一吹就花枝亂顫的大紅花，就是愛在雜草中探頭探腦的圓仔花。「大紅花不知醜，圓仔花醜不知！」用這兩句俚語來形容花姑娘，雖然頗為貼切，卻又稍嫌惡毒。

其實，她個頭小小巧巧的，眼睛沒斜、嘴巴不歪，偶爾低下白嫩的脖子，吃吃地偷笑兩聲，或是挑高眉毛，斜斜地飛人一眼。那模樣呀！直接從一貫的憨傻，跳到乍現的嬌媚。嬌媚中，還不時帶出一股癢勁——一股搔動男人三萬六千個毛孔的癢勁。

就因為這股癢勁，花姑娘成為梅仔坑最「善嫁」的女人。跟定田哥之前，她前前後後已嫁過五六個男人了。

為了啥事而分開？道理很簡單，也很複雜——複雜的是，各有千百種說得出口、鬧得上派出所的藉口；簡單的、不太能明講的原因，則是她的痴傻與飢渴。

她的痴與傻，跟田哥的駝背一樣，也是打從娘胎就帶出來的，但卻不是低能或智障，只是腦筋直挺挺，學不會轉彎或繞圈而已。要她搞懂曲曲折折的人情世故，那可比爬大尖山的泥濘路、登長湖崎的千層階，還要艱苦、還要費勁！

至於，花姑娘的飢渴嘛！雖然不好公開明講，卻很適合私下議論！

「好吃相報知」是梅仔坑單身野漢的好習慣，他們一致讚美，讚美花姑娘一發起騷浪，再怎麼鈍手鈍腳的笨蛋，骨頭也會一根根酥掉。但是，男人們卻又擠眉弄眼、互相告誡，抬出「瘦田會吸水」的大道理，強調那位花姑娘是沾不得、惹不起的。因為，她怎麼餵都餵不飽——無論是在飯桌上，或是在床上。

讓女人在床上吃不飽，面子哪能掛得住？於是，男人們指天誓地，形容自己如何辛勤灌溉、奮力播種，但是，花姑娘還是夜夜大聲喊餓……而且，潑灑出去的肥水與肥料，全都流進了無底黑洞，長不出一稈稻穗來。

至於飯桌上餵不飽嘛！理由不必編、道理不必講，所有梅仔坑的人都很清楚——花姑娘的腸胃可是出了名的「大丈夫」！

甚麼是「大丈夫」？

「大丈夫」就是能屈又能伸！倘若鍋裡無飯、桌上無菜、男人又窩囊，那她可以勒緊腰帶，挨好幾天餓苦苦撐著。但是，只要桌了一擺了飯、上了菜，花姑娘就會變成傳說中的怪獸——「饕餮」，一張開嘴巴，就橫掃千軍萬馬，不剩一粒與一滴。從沒人測驗過她的肚量，因為，她的嘴坑也像無底的黑洞。

這種能屈能伸的特異功能是如何來的？

鄉親們討論的結果，除了認定是難得的天賦之外，也猜測與她的身世有關——她出生不久，阿爸就搭上船，偷渡到廣東去發財。結果，沒帶白花花的銀錢回來，只賺了發冷又發熱的「麻拉利亞❻」上身。拖了好幾年，又傳染給日夜照顧他的老婆。於是，恩愛的夫妻就手牽手一起走了。

花姑還小，不到五歲，等著被安排長大。

那個時代，梅仔坑的人家，日出而作、日落而息，蠟燭與燈油都是奢侈品。因此，夜幕

❻ 麻拉利亞：瘧疾。

一垂降，天黑地暗的，啥事都不能幹，只好早早上床去。上了床又睡不著，睡不著，夫妻倆就辦事來催眠。辦著！辦著！五六七八個毛孩兒，就一個個被辦了出來……五六七八個毛孩兒，就有五六七八張小嘴，要不停地倒進吃的、灌入喝的，忙都忙死了，哪還有力氣去收養花姑？

可是，總不能眼睜睜看著小女孩餓死、凍死呀！終於，在老族長的決議下，親戚們按照家境的好壞輪流養她，短則幾天，長則幾個月。花姑就這樣流浪在大大小小、或方或圓的餐桌之間。

對傻不愣登的花姑來講，歲月的流轉，只不過是挨餓與撐飽的交替；父母的憐愛，早已是模糊的記憶；寄人籬下的悲情，也僅僅是拎起小小包袱，從這一家換到另一家而已，沒甚麼大不了。她那能屈能伸的肚量，以及見食物必吃，吃必精光的能耐，就在有一頓沒一頓的流浪中，慢慢被訓練出來。

就這樣，小女孩慢慢長大了，長成了小姑娘；小姑娘又慢慢成熟了，變成了花姑娘；熟透了的花姑娘，像藏著蜜汁的蜂巢，讓梅仔坑的男人又愛又怕。因為，花姑娘習慣於流浪，流浪在一家家的床上和飯桌上。

白賊七

沒送聘金，沒拜天地，田哥就把花姑娘帶進豬寮洞房了。這件事，讓野漢們氣得七竅冒煙，也淌了一地的臭腥口水……

而且，最令人驚訝的是——花姑娘竟然心定了、腳停了、不再流浪了。

說起那一天，也沒啥特別，還是一樣的月落，一樣的日出，一樣的割筍……駝峰高聳的田哥，蹬著鴨子步，挑著重籮筐，跋涉九彎十八拐的汗路，要趕梅仔坑的早市去。

清明剛過，整個山區還流蕩著掃墓祭祖的喧鬧。一大清早，太陽就樂呼呼爬上嶺尖，對著梅仔坑射下萬道金光。滿山的翠綠招來了東方的風，輕柔柔又軟綿綿的，像貼在耳根呵氣。一口又一口癢酥酥的熱氣，把樹上棲的，地上爬的、水底游的春情，全都呵了出來。

眼皮一抬，田哥瞥見她了！就蹲坐在寒水潭邊的大石磐上。一張臉紅的紅、白的白，全是辛勤的塗抹，刻意的勾描，只不過色調和畫風都太粗獷了些。一身肉肉的青春，擠在紅色底、綠碎花的衫褲裡，繃得是前凸又後翹。滿頭黑髮，用火箝子仔細絞燙過，捲翹起一波波浪濤。身邊也橫擺著一大擔籮筐，籮筐裡沒堆疊竹筍或蕃薯，只有雜七雜八的鍋碗瓢盆及花紅柳綠的女人細軟。

田哥最怕單獨跟女人講話了，腳步一顛頓，烏龜臉脹得通紅，斜斜側過身子、歪過扁擔頭，就想快步溜走。

花姑娘卻站起身來，開了嗓門：「田哥！真久無看到你，兩三年有囉？一透早，就擔桂竹筍要去賣呀？」

她的聲音向上拔尖，高亢中有捉不住的跳蕩。跳蕩的音調與表情，都在說明她很高興，而且，要人分享她的高興。

田哥腦子亂哄哄，嘴巴蹦不出任何回應，她就興沖沖講下去了：「田哥！那個城裡來的少年家，名叫阿誠的，你有熟識否？」

哦——阿誠呀！當然認得囉！

就是那個咬起檳榔嘎咂嘎咂響，走路聳三角肩，開口閉口愛用「三字經」、「五字經」甚至「七字經」去問候人家祖宗八代的外地人嘛！

「伊——阿誠伊，來山頂替人種樟苗，田哥！你竟然勿熟識呀！」

咦！我有回答嗎？

我頭壓低低，嘴巴還沒張開……這女人是在對我講話？或是在代替我講話？

「喔！田哥！你沒熟識阿誠勿要緊！我講給你聽……」

啥！我為啥一定要熟識阿誠？伊會飛天？會鑽地？

拜託！快讓我行過去吧！汗路彎又長、溪水洶滾滾，赤焰焰的日頭，曬起皮肉可比火燒身，趁早趕路去市場，我這擔青筍才賣得出好價錢……妳查某人吃飽閒著，才會管伊甚麼阿誠不阿誠的……

「伊——阿誠，生得古意又緣投的阿誠，伊和我約好在這裡等，我在等候伊來帶我走，走離開梅仔坑……」

啥！阿誠古意？

嘿！妳兩粒目睭是糊著蛤仔肉或臭牛屎？阿誠空嘴薄舌，比媒人婆還會騙人，可能只有「擔屎才勿會偷吃」而已！妳竟然講伊古意？會笑死人呦！

啥！阿誠緣投？

嗯！有可能！男人只要有嘴有鼻，腳骨長、背不駝，長得跟我不同款的，應該都算緣投好看的啦！

「阿誠講……阿誠伊決定，帶我去大城市過好日子，免得留在梅仔坑吹風曝日、做牛做馬！」

吹風曝日討生活是較艱苦沒錯！但是，只要甘心做牛做馬，就不怕沒犁可拖、沒車可駛呀！留在梅仔坑，雖然碎碎唸的人一大堆，但人親土親的，有啥好怨嘆的？

「阿誠伊——伊在城裡有一棟大洋樓。算命仙的斷定，伊的紅鸞星動在梅仔坑內山，伊才來山頂賺錢。表面上是做工，實際上是在找……找未來的牽手啦！」

阿誠要找牽手？

哼！騙天騙地！阿誠的信用早就破產了，伊向雜貨店賒欠了一大堆帳，又去麵攤白吃白喝，從來沒還過一元一角，伊早就是過街老鼠，人人喊打的了……伊拿算命仙的話來騙妳、唬弄妳，妳憨直憨直的！千萬勿要被伊牽著鼻子亂亂旋呀！

「阿誠找到我，伊要娶我，要我做伊的牽手……三天前，我……我就和伊雙人睡一床、蓋同一領棉被，變作伊的人了……」

哇！死囉！無救了！有夠戇！戇查某！天下第一戇！

好啦！好啦！勿要緊！妳的祕密勿要再對別人講起；我也當做沒聽過，就算天知地知，也無人再知道了。

「田哥！我將眠床底下藏的錢，都交給阿誠了。那些錢，都是我辛辛苦苦做工捻積來的。」

啥！妳連血汗錢也送給白賊七？

「我心甘情願雙手捧給伊，讓伊先返回去城裡，把新娘房整修舒適，再來接我去住……阿誠講……伊對我講，露水被日頭曬乾前，就會趕回來寒水潭接我走……」

拜託！妳笨得像豬！人被白白睡了，錢被拐空空，還留在半路呆呆等！別說等到露水被日頭曬乾，妳就是等到長出白嘴鬚，日頭從西山爬上來，也等不到白賊七來接妳、娶妳……

「田哥，我要搬去大城市住了！你若來玩，我一定煮好吃的請你；過年過節要記得來看戲呦！」

一口氣說了這麼多，花姑娘終於閉上嘴、喘一大口氣了。但嘴巴關上之前，她還是拋出這樣的話：

「唉呀！可憐呦！我只知田哥你一出世，龍骨就彎曲伸勿直，想勿到你竟然還啞口喔！對啦！啞口也會兼臭耳聾，聽無半點聲音，害我講得一大堆，你卻半句也沒應答……」

認定田哥又聾又啞之後，花姑很掃興，就不理睬他了。

迴轉過腰身，嬌俏的她，頂著一臉的胭脂花粉，踮起腳後跟，伸長脖子，急切切往山路瞧，瞧得眼珠子都快掉了出來。

少了女人尖細的嗓音，天地突然寂靜了，挑擔呆立的田哥，更是驚慌……

千年的清水溪，用不回頭的決絕，奔向巨大的山岩，百來公尺的落差，讓溪水一腳踩空，重重地往下摔，把臉都摔綠了，綠成一汪不見底的深潭。仄逼的汗路，花姑娘就霸占在中央，渾身大刺刺又喜滋滋。田哥額頭爆滿汗珠，手腳止不住瑟瑟顫抖……

但不走不行了！他小心翼翼地擠過去……擠過去，不小心可不行！花姑娘的一對胸脯，隆得高聳聳，一碰到，只要稍稍一觸著，那就天大地大的失禮了……碰到、觸著！——喔！那是從來沒碰過的……不知啥感覺？是軟？是硬？是涼？是燙？

……綺念一浮起，田哥全身的汗毛「唰！」的一下，全部豎得筆直，原本紅通通的烏龜臉，立刻繃脹成紫黑色：

「那……那……妳、妳繼續等。我、我……我要去賣筍了！」

他急了，嚷起大嗓門，想證明自己沒聾又沒啞。不過，聲音衝不出喉嚨，照樣只喊在心底。

他真的去市集賣筍了，價錢不錯，又買了些日用品，準備交給趙家阿叔去。

勸

回家時，西天金紅的夕陽，尚未完全跌入深谷；東山彎彎的眉月也羞答答，不願掀開蒙臉的薄紗；黑夜與白天碰頭了，卻還交班得不清不楚。

大樹上、雜草叢，棲息著五顏六色的鳥，啁啾出亂七八糟的調，還是晚春的熱絡光景。可是，才一下下，老天爺就翻臉了，翻得又急又兇。空氣被抽掉了暖意，山風吹著尖銳的哨子，從袖口和衣領鑽進來，像冰針在刺，刺起田哥一身的雞皮疙瘩。

「春天真正是後母面呀！」他邊走邊嘀咕，拉一拉薄棉衫，還是抵擋不住淒緊的酸風。

啊！又見到她了！田哥一驚，腳步硬生生煞住……

是她，沒錯！還是蹲在潭邊大石磐上，蜷縮成一團黑影；脖子依舊向前伸，伸向蜿蜒如蛇的汗路。十多個小時的等待與眺望，把她的眼睛磨成了粗石礫，不再映射光采和水影；一頭黑髮也亂成了大雞窩；臉頰還是有些酡紅，但不是胭脂的殘痕或心醉的激動，是風吹日曬一整天後，乾痛欲裂的燥熱。

聽到腳步聲，她別過頭，瞄了田哥一眼。疲累的眼皮下面，裝的東西很多、很複雜……掃過的那一眼，像趕牛鞭子，抽打了田哥一下，他終於開口了：「我……我在山下並無……無看到阿誠。妳……妳是不是忘記約……約束的時間？或記……記不對所在了？」

第一次主動對女人說話，漏風的牙齒、痲痺的舌頭，全都不聽使喚。喉嚨像哽住一顆大橄欖，吞不進去也吐不出來。

沒想到這麼細心、這麼給她面子，還是嚴重得罪她了。她嘟起嘴，瞪出好幾個大白眼：「黑白亂亂講！鬼才會記不對！明明就約我一透早來寒水潭相會，寒水潭就是這裡，哪有別的所在？阿誠是古意人！伊一定會來，會來接我去過好日子……伊只是較慢來，絕對不會不來。」

要說服自己、又要替情人辯解，她嗓門越說越大，氣勢卻越來越弱。至於田哥是不是耳聾兼啞巴，她早就忘了，也不計較了。

「天氣會越來越寒，也要落大雨了，妳趕緊轉回厝去。若無，會活活凍死在水潭邊。」

田哥聲量也拔高，響在料峭的春風中。

他心裡喊的話更坦白、更焦急：「戇查某，免做夢！阿誠那個白賊七，不是較慢來，是絕對不會來。妳等到死，他也不會來娶妳去過好日子。」

焦急歸焦急，眼前人財兩失又枯等一天的女人，絕不能再受傷害了。他深深吸了幾口氣，讓喉嚨順暢些，塞在嘴裡的大橄欖，努力呸吐出口：「妳看！天一落暗，寒水潭就看不到路。酸風冷吱吱；百步蛇、雨傘節的毒牙尖銳銳，一刺入肉就沒命；臭鼠貍一出來討食，也會咬得妳血流血滴的。趕緊轉回去厝內去比較安全啦！要等，明日一透早，還是可以再來等。」

他心底雪亮，若沒勸她回家，絕對會出意外。一出意外，梅仔坑鄉親的口水一定會淹死他，而他也饒不了自己。

一心等待的人沒來；不必見面的人，一天卻見到兩回。第一回，裝啞巴；第二回，不只囉哩巴唆，還要趕人……又餓又累的花姑，囤積一天的無名火，終於從胸腔點燃，一路爆炸到口腔：「走啦！閃開去！臭龜、屁塞仔、白目鬼！我等我的，誰要你管？」聲量之大，連山壁都震出嗡嗡迴音。

好心的呂洞賓，被不識好歹的兇狗，狠狠咬幾大口了。但是，該勸的還是不能不勸：「我……我沒歹意。天真的暗了，阿誠絕對不會來，伊……伊橫心騙妳的人、又拐妳的錢。伊是白賊七、沒天沒良、歹心肝、汙腸肚……」他罵出殘酷的真相，希望敲醒眼前的笨女人。

沒錯！田哥是好人——好心的粗人。一根腸子通到底的他，哪裡曉得女人的心上人，無論再怎麼卑劣，外人都沒資格管，也沒權力罵。因此，暴怒的花姑也暴跳起來：「呸！呸！呸！夭壽短命！你才是白賊七哩！等不等由我決定，天黑路暗跟你無關。一隻烏鴉嘴啞啞唸，管我管牢牢，是要去替人死呦？」

「勿要誤會！我……我只是……」田哥更急了，還想做困獸之鬥。

不料，花姑已掄起扁擔，作勢往他背脊敲，力道之猛，說不定可以敲直他的駝峰。

他一嚇，閃跳開來：「果然！『寧可惹熊、惹虎，千萬勿要惹到赤查某』！嚇死人囉！」飛蹬起鴨子步，沒命地逃了。

逃回到家，心臟還是「噗噗！咚咚！」亂捶又亂撞。過了千百年之久，才穩下來、定下來。定下來了，卻聽到喉嚨吊著胃袋、大腸牽著小腸，齊聲「咕嚕！咕嚕！」喊餓。好在，有難得的白米飯，就配著鹹蘿蔔乾，隨便吞一吞，哄一哄肚子吧！

他用竹筷子扒入一嘴的白飯，嚼了好幾下，臼齒再怎麼認真磨，也磨不出久違的甘甜，反倒是一陣陣酸澀，從心頭汩汩冒了出來……怎麼會這樣？是難得的白米乾飯哪！怎麼可以糟蹋了？天公伯會降罪責罰的！

他呆了好一會兒，放下筷子，將一大碗公的白米飯放進鐵鍋，生起灶火，隔著水蒸一蒸。沒錯！只要蒸熱，米香味就會飄散出來。

既然火都已經生了，幾天前，跌入陷阱的那隻大田鼠，兩條肥壯的後腿還醃在瓦甕內，乾脆拿出來煎一煎，可以煎得油酥酥、脆滋滋……

但是，單一的肉味又太葷了，吃了對身體不太好……有了！豬寮後面的春韭正茂翠，割一大把來，並不會太麻煩；就算炒一炒，也不算太費事！趁著天還沒落雨，順手摘三四片月桃葉，也沒多困難！

都弄齊了，再把熱白飯、酥腿肉、嫩韭菜，用狹長的月桃葉，滿滿地包捲起來，重新再蒸一下。只要一下下！撥開葉片時，那股濃烈的菜香、米香兼肉味，不只可以填滿腸胃、趕跑疲累，還可以擦乾眼淚……

寒水潭邊，花姑娘的眼淚並沒有被擦乾。坐在大石磐上，她邊吃邊哭、邊哭邊吃……吃得兩頰鼓脹，也哭得摧肝斷腸……

四個飯糰都下肚了——她吃飽了、哭完了，雨也湊熱鬧開始下了。

這是一天內第三次見面了，田哥又變回啞巴。他的心臟咚咚跳、手指哆哆抖，但還是遞給她唯一的斗笠，再把蓑衣撐張開來，蹲在她身邊，用兩手舉起一頂小雨棚。

小雨棚遮不了太多，但遮她的，還是多了很多。

小雨絲連成粗雨線，粗雨線再落成暴雨陣，暴雨加上狂風，狠狠地刮、重重地摔，遮斷了視線，逼出滿山滿野的鬼哭狼嚎。河水與潭水都灌滿了，溢過路面，不能走也不敢走了，腳底一打滑，掉落下去，不僅是黑森森的大潭，也是陰慘慘的地獄。

花姑又哭了，雨水混雜著淚水，刷洗掉不堪的殘妝。她瘋狂想著阿誠——那個一天一夜沒赴約，今生今世恐怕也爽約的情人。她也瘋狂想著那一筆錢——偷偷藏在床底下，用花布手巾包裹著，日日夜夜都要細數兩三遍，陪伴她輾轉流浪的那筆錢。

……小時候，梳著兩條毛辮子，流浪在一戶戶親戚家的飯桌；長大後，塗抹著兩頰胭脂，流浪在一個個男人的臂彎。現在——都到了現在，卻還是風吹雨打、雨打風吹……她忍不住大放哀聲，聲聲痛斷肝腸。

但是，一片淚海中，雖然喉嚨哽塞，又抽顫著鼻音，花姑還是問了最重要的事：

「田哥！你一向吃白米飯嗎？啥時才有雞肉吃？」

剛剛繚繞在鼻子、穿梭在舌頭的肉香，是鹹鹹又酥酥的人間美味：軟韌的纖維，可以用門牙去撕咬；撕咬下來的筋肉，可以用臼齒去磨嚼；一滴滴鮮活的肉汁，噴爆在齒根、跳舞在舌尖——花姑都記下來了，狠狠地記進心底，要牢牢鎖住一輩子。只是呀，她沒吃過田鼠肉，認定那是雞腿。

唉呀！被問起這個問題，田哥可真是難為情！他雙頰著了火，快紅破臉皮，舌頭更是麻痺了：

「自……自年頭到年尾，有三頓白米飯吃，是……是沒啥問題；雞肉嘛！從過年吃……吃到現在了……」

雨勢真的太大，聲音被模糊了一大半。

「哇！有那樣好喔！」花姑差一點驚叫出口。

──自年頭到年尾，那不就是一整年了嗎？一整年，日日三餐都有白米飯吃！清明都過完了，他竟然還天天吃雞肉，一直從過年吃到現在……喔！那是甚麼樣的天堂呀？花姑羨慕到要五體膜拜了。

一陣陣狂亂的快樂，從花姑飽脹的肚腔，擴散到單純的腦袋。一個強烈的念頭浮升起來，浮得飛快，快得嚇人！

是的！只要能不挨餓，人有些醜、背有點駝，又算得了甚麼？

挨餓很可怕，沒有東西吞下肚，會手抖腳顫、臉色發青、嘴唇變死人般灰白、冷汗狂冒；眼皮前面跳來跳去的，都是青面獠牙的妖、斷頭缺腿的鬼……

是的！田哥是好人，大黑夜裡，用月桃葉包來了香噴噴的飯糰……雨落大了，他還遮過來唯一的斗笠；他蹲下駝背身，縮彎成害羞的蝸牛，不過，那蝸牛是有殼的，背著房子的……

他撐開一件蓑衣，努力擋雨，向上頂的兩隻手像蝸角探出頭……他緊緊抿著嘴不說話，卻淋了半身的冷雨……

沒人為她做過這些，一個也沒有！男人都只想摸她一下、捏她一把……是的！他矮、他醜、他駝背——但他卻是個好人。

好人——送熱飯糰來的好人。風強雨大、又冷又餓時，好人絕對比情人重要。情人只會騙人、糟蹋人；好人卻會疼人、照顧人……更何況，他是天天有雞肉、餐餐有白米飯的好人……

才一下子，花姑就甩開被坑、被騙的痛苦，也忘掉緣投的情人。決心像一支鐵釘，一旦被鎚打入地，找來八九條牛也拔不出來。天慢慢收起雨勢，遼闊的潭面，蒸騰著山煙水霧。黑夜累了，換它要回去休息了。

循著迷濛的旭光，花姑挑起鍋碗瓢盆及溼透的衣物，鐵了心跟著田哥回家。不只跟回家去，還跟上床去……

發展成這樣，讓田哥嚇到頭暈目眩、手腳發顫。不過，憑著男人的本能，加上花姑娘的循循善誘，再追想些野外的鳥獸示範，他該堅強的果然很堅強，順順利利完成了今生的第一次，而且，表現得相當武勇、相當成功。

床上，花姑被田哥餵得飽飽的。三天前的阿誠，甚至幾年來的阿東、阿國、阿松、阿明……哪有田哥好、田哥強？

衝鋒陷陣、殺敵立功後的田哥，側身歪躺著，睡得死熟，彎曲的胸背像個大問號。花姑蜷曲身子，填擠進那個大問號裡面，握住他的粗手掌，臉頰浮起甜膩的笑。耳朵貼靠他的心臟，「咚！咚！咚！」像擂大鼓，穩當又強勁，她安安心心睡著了。

紅嬰仔

天大亮後，花姑才看清楚洞房是豬寮改建的，她挑過來的鍋碗瓢盆，也不太派得上用場。她又哭了！哭得抽抽搭搭，哀天怨地的。

她終於搞清楚，昨夜田哥所說的「自年頭到年尾，有三頓白米飯吃，是沒啥問題」真的完全不假——一年到頭，不管早午晚，田哥一向只喝粥。說那是「粥」，還是太澎風了，應該叫「米湯」比較正確。一大鍋稀蕩蕩的米湯，浮沉著紅紅黃黃的蕃薯塊，蕃薯是他在河埔沙地偷種的，要多少有多少，加足了分量才騙得飽肚皮。要不然，趙家給的米糧，絕對吃不到月底。而前天是清明，那一大碗白飯，是趙家討好阿公，送去墳前祭拜的。所以，阿公的駝背孫子，真的只有在過年、清明及中秋，才吃得到三頓純白米煮的乾飯。

至於雞肉嘛！過年時是吃過，但是，一直到現在，他都只能回憶滋味而已……

花姑哭了又哭，覺得一切搞得亂七八糟，不是她所能處理的了。她並不是壞女人，也一心想著要「嫁雞伴雞飛，嫁狗隨狗吠」。只是，誰也不敢保證，當肚子再挨餓時，流浪的慣性，會不會又來招惹她？

還好，夜裡，不管有沒有月光，豬寮內的稻草床上，初嚐滋味的田哥，都衝刺著一身的滾燙，深入敵營，殺得強敵丟盔卸甲，求救討饒。既然床上不挨餓，飯桌上也就不苛求了。何況，田哥還拚命去設陷阱，抓野味：大田鼠、果子貍、野兔、鵪鶉，甚至灌水逼出洞的蟋蟀，胡亂湊合著，也不至於太虧待她。於是，流浪的花姑娘定居了，定得認真又安分。

一個多月後，花姑娘的胃口卻壞了，一聞到肉腥味，就蹲到溝邊乾嘔，嘔得翻腸倒胃、手癱腳軟的。整日病懨懨歪倒床上，討著要吃酸鹹味；肚皮也繃脹著，一天一天隆了起來。田哥紅著臉，挨家挨戶去討醃筍絲、漬鳳梨；再滴著汗水，滿山遍野去摘桑葚、採酸李。整個梅仔坑，都踏滿他東奔西跑、攀高爬低的赤腳印。

紅嬰仔滿月那天，田哥手拿清香，在豬寮前，鄭重其事的擺下香案，拜謝起玄天上帝、地母娘娘、觀世音、媽祖婆、三界公祖、土地公伯……

他忘不了！忘不了小時候，阿公替他洗澡，一手端起瓠瓜瓢澆淋熱水，另一手撫摸在他歪扭的背脊上。摸著摸著，老人家的目眶就溼紅了：

「乖孫哪！一枝草一點露！生成這款樣，是運也是命！千萬勿要怨天或怨地！

若是娶無妻、生無後生，勿要緊！那是天公伯要你過得比別人清閒，免得擔家庭債、扛子孫枷。

若有一日，娶得到牽手、生得出紅嬰仔，那……那就是天地疼惜憨好人、神明保庇歹命漢，以及祖公祖媽顯靈顯聖囉！你要好好拜謝啊！」

拜完、謝完天地及眾神，田哥又興沖沖拉著花姑、抱著嬰兒，來到阿公墳前，行三跪九叩的大禮：

「阿公！我生的紅嬰仔，有嘴有鼻、好手好腳，沒破相、沒啞口、沒彎軀、沒狼狽……伊是您的曾孫子，查甫的！是傳林家香火的查甫囝仔！阿公！您看！您趕緊來看！」他聲聲大喊著。

小後生

孩子要喝奶，花姑的食量就更大了。田哥將白米全部留給她吃。淺山的野味抓不到了，他更潛入大尖山、占仔番社、草嶺、蛤里味山崖去搜尋。當他抓提野兔的大耳朵，或捕捉一布袋的竹雞仔回來時，靈犀相通的花姑，總會抱著紅嬰仔，到半路上迎接他，嘴笑目也笑的！

一挑擔到熱鬧的市集，耳不聾、眼沒瞎的田哥，當然看得到指指點點，也聽得到閒言閒語。毒舌與挖苦的內容，不外乎是：「替別人養雜種嬰仔！」「憨雞公咬蟲去餵烏鴉子！」或者是：「頭頂戴綠帽、身上扛枷鎖，做烏龜做得心甘情願、歡頭喜面！」……

他從不揮拳打人，也照舊不虧待主人。生猛地叫賣出最好的筍價後，再挑起空籮筐，飛奔起鴨子步，衝回家去。

黃昏了，一束束殘陽，斜斜閃閃地射入豬寮，柔韌的稻草床上，相擁的母子，沉浸在一片金碧輝煌。

產後的花姑，變得更紅潤、更圓熟，側身躺著，睡到張著嘴巴打呼嚕。花布衫的釦子沒扣，向上掀翻，露出整隻豐碩的脹奶。圓嘟嘟的小嬰仔，臉頰緊緊貼著，正卯足了勁吮吸生命的奶泉。溼潤的小嘴忙得很，吸一口、嚥一回的。肉敦敦的小紅掌，胡亂划撥著空氣，也抓扯著衣襟，卻吵不醒熟睡的親娘。

田哥捏手捏腳靠過去，一湊近臉，就吸入滿鼻子甜膩的奶娃味——這幼嫩嫩的小臭兒！是花姑來了以後，經過了八九次的月圓月缺，才生下來的，怎會是別人的？他糾結的眉頭放鬆了，伸出兩隻大手掌，輕輕托抱起小心肝。

奶頭含不住，脫滑開來，尖凸的小嘴巴吸不到乳汁，上下唇一扁又一癟，立刻要哇哇抗議了。可是，快六個月大，已懂得認人，兩眼一瞧見田哥，「嚶！」的一聲，「咯——喀喀！咯——喀喀！」就笑了，黑眼珠亮晶晶，笑成兩彎小眉月；肉圈圈的腿兒又踢又蹬，小手往田哥脖子一摟，就撲向肩頭。

天涼，男嬰穿著棉布衫，黑頭髮很濃很密，用紅線頭綁成一隻沖天炮。田哥心想，這是他肉壯壯、圓滾滾的小後生！將來，也一定會是披麻戴孝，恭恭敬敬捧著香斗爐和神主牌，送他上山頭的好孝男！

田哥心花開了，裂著嘴，逗了又逗，貼著臉，親了又親。兩手高高舉起小肉團，兜兜地轉了好幾圈，再把笑咯咯的小寶貝橫抱入懷，貼著心肝腸肚，緊緊摟著。

他覺得市集上的話全是放屁，全天下最臭、最無聊的屁！兒子絕對是他的，百分之百、千分之千是他翻耕田土、播撒種子、栽揷秧苗後的上好收成。

但是，萬一……萬一，不！不會，不可能有萬一。但……萬一，萬一真的不是……那……那、那……會是誰的？

誰的？阿東？阿國？阿松？阿明？……或足，或是那個白賊七？

——幾張熟悉的臉孔，在田哥腦門前飛旋、閃跳，有的嘻皮笑臉，有的橫眉豎目，像七月裡衝出鬼門關的小鬼。他不是鍾馗，抓不到任何一隻。

萬一……萬一真的是白賊七的……那個壞胚壞種的王八蛋、那個該下十八層地獄的大騙子……那他所有的惡行、所種的壞因，會不會也侵透骨髓，遺傳給孩子？萬一……萬一會！那……那小孩長大後，會不會也變成白賊七？沒天沒良的白賊七？

田哥慌張了，冒了一頭的熱汗，瞪大眼睛用力瞧，想追查出一些蛛絲馬跡，整張臉皮撐得紫脹，更加歪扭了。小小嬰孩以為阿爸在對他裝鬼臉，挺起嫩肚皮，「咯——咯咯！咯——咯咯！」更是笑得舞手又踢腳的。

喔！乖囝仔！我的好後生！我抱著，就讓你這麼高興呀？你是我親生的，父子連心，才會這樣，對不對？假使……假使你是別人的種，快半年了，也抱過你千百回、親過你千百遍了……

別的不說，你是從阿母腹肚內生出來的，這點絕對錯不了！那一日，你阿母突然陣痛，痛到唉唉叫，叫到滿地爬滾。羊水袋破掉了，流得她兩腿溼淋淋、黏糊糊，根本來不及去喊產婆。是我把你拉出來的，像幫忙小豬仔、小羔羊出世那樣，把你拉扯出來……

我是第一眼看到你、第一手碰到你的人，比你的阿母還要早。你全身紅貢貢、縐巴巴，一口氣鎖牢了，憋得小臉都快黑掉，是我用手指挖掉你嘴坑、鼻孔內的雜汙，你才「哇！」的一聲，呼天搶地哭出來……哭出來就活下來、長起來了，長成這麼結實、這麼得我疼惜呀！

我的心肝兒！阿爸一落土，就彎軀駝背、天殘又地缺的。你的阿祖說：那是天公伯賜的。我就全部都認了。你阿母沒嫌棄我比老鼠窮、比妖鬼醜，願意跟著我受苦，我難道還要「雞仔腸、鳥仔肚」，計較東計較西嗎？

只要是伊生的就好，伊生的就是我生的！何況，我是「三寸釘、粗樹皮」，萬一也一代傳一代，那才是想哭都沒淚可流！能借用好品種、採收好莊稼，當熱噗噗、甜蜜蜜的現成阿爸，有甚麼不好？只要學你阿祖對我那樣，逐日看著，隨時顧著、教著，就算你遺傳到壞胚壞種，也白賊不起來的呀！

想通了以後，田哥逗兒子，更是越逗越歡喜了。父子倆一串串的嬉鬧聲，終於鬧醒花姑。她揉一揉惺忪的眼皮，不好意思笑了笑，急急去灶前生火。

這一餐的蕃薯湯很甜，田哥足足喝了四五碗。

可是，臺灣本島的大轟炸卻開始了，就在幾天之後……

烽火

一九四三年十一月二十五日，盟軍開始空襲臺灣。飛機場、鐵路設施、兵營、工廠、橋梁、公務所是主要的轟炸目標。但是，大兵射砲彈就像飛鳥下糞便，哪分得清楚公房或民房？屋頂或頭頂？

梅仔坑挖了不少土坑當防空壕，刺耳的警螺聲一響，人們連滾帶爬躲進黑洞。飛機炸人炸不到，炸到坑卻是全死。躲空襲自然怠廢農作，田荒了、園蕪了。炮火一狂燒，就山連山、戶接戶，把福爾摩沙燒成了人間煉獄。

「光榮出征」不再是大和青年的專利，一批又一批的臺灣子弟，有的是接受皇民化的洗腦，主動爭取上戰場；有的則是東躲西藏後，還是被強徵當軍伕。被送往中國內陸、南洋叢林後，往往變成一具具焦屍、一撮撮炮灰，活著回故鄉的很少；能全身而退的，更是少之又少。

香噴噴的蓬萊米、在來米，本來一年可收成兩三回，現在不只回回歉收，搶收得下來，也全數變成嚴厲控管的戰用物資，一船船運出海港去。收購米粟的價錢很低，低到讓老農跺腳、捶心肝。而且，心肝捶凹了也沒用，日幣再多，也買不到吃的、用的，跟廢紙沒甚麼兩樣。

趙家的兩個兒子，打從一出生，就取了日本名字——「田井太郎」、「田井次郎」，一心被培訓當「忠良的帝國臣民」。一九四二年四月，日本首度召募臺灣兵一千多人，竟有四十二萬五千多人熱烈應徵，太郎、次郎便是其中的兩位。不過，兄弟倆都被淘汰了，登不上志願兵的光榮名單。次郎失望到痛哭流涕；太郎甚至想切腹明志，展現為日皇效忠的愛國心。

還好，中途島戰役，日軍大敗之後，為了因應軍事的節節失利，便積極從臺灣島大量補充兵力，最後，乾脆全面徵兵。兩個熱血青年，都一償宿願了。

送兒子出征時，阿叔被叫上司令臺表揚。他胸前佩戴大紅紙花，花朵下標著「光榮軍眷」四個黑字，硬邦邦的日本假面，擠不出一絲微笑。

半年不到，兒子就先後回來了——太郎變成一紙為國捐軀的「褒揚狀」。次郎比較幸運，腋下拄著枴杖，左腿的褲管空蕩蕩，單腳雙枴跨進村子時，步伐已經熟練，既不踉蹌，也不打跌了。

那段日子，田哥常遭主人痛罵：「走！閃開！閃遠遠去！勿要礙我的目、刺我的心肝……

五不全的，免去出征；用心栽培的，卻是死的死、傷的傷。」

田哥真的立刻閃得遠遠去。挨這種罵，他一點也不在意，畢竟聽多就習慣了，也麻痺了。何況，趙家阿叔一邊咬牙切齒，一邊猛掉眼淚，樣子也怪可憐的。

埋

幾天後，阿叔命令他把一個大布袋拿去埋掉，既不准打開，也不許被人瞧見。

田哥還在天未亮時，鬼鬼祟祟揹到野樹林去。大布袋脹鼓鼓的，重量還真不輕。挖好了坑洞，就要往下擲，但壓不住好奇，還是偷偷鬆開死結，一樣一樣拿出來。

喔！全是劍道的東西：六七個臉罩、護胸、頭巾、手套；好幾件藍色或白色的道衣、褲裙；竹劍也有十來把，上蠟上得烏潤發亮，但是，卻斷成很多截，每一截都是斧頭劈的。

大包袱底層塞了不少和服：藍底白暗紋的、深黑青色的、細柳葉的……全是逢年過節，阿叔隆重亮相的行頭。其他還有很多套漂亮的女裝，印著一簇簇桃花、櫻花，那是阿嬸帶著三位千金上寺廟時，才會穿出來的和服。一路上，她們穿白襪、夾木屐，梳起大圓包頭，紮著寬幅腰帶，用小碎步走路，哈腰又堆笑，十足的日本婆子味。

鏟土的鐵鍬丟在坑旁，田哥停住手，皺起眉發愁……

幾天後，田哥家的小肉團包上了不錯的尿布，屁股不再起紅疹子；花姑有了好幾套新衫褲。只不過，全部都反面縫製，看不見布料的花色。

著猴

戰爭越打越吃緊，連耕田的牛都被強徵充公了。農事幾乎全部停擺，民生物資越來越匱乏，日子像走入絕境。

每個月的初一和十五，太陽一落山，保正家的客廳，就充當起分配米糧的配給所。村民點著火把、抱著布袋，跋涉汗路來領白米。那些白米，都是他們冒死種出來的，現在，卻必須排著隊、鞠九十度的躬來向日本人領取。每人每天的分量大約一盒——一小火柴盒。

「著猴」像瘟疫一樣，在梅仔坑蔓延。

那是一種小孩子才會得的疾病──先是毛髮焦黃了，禿光了天靈蓋；肚皮一天天膨脹起來；瘦到肋骨一根根暴凸，像可登爬的樓梯；臉頰一凹陷下去，眼睛就顯得特別大，大到變成唯一的五官；身子長不大又拔不高；手腳像一折就斷的細麻稈……

大家心知肚明，是飢餓引發嚴重的營養不良，才會讓一個個活蹦亂跳的壯囝仔，變成一隻隻氣息奄奄的小猴猻。但是，知道了又能怎樣？飯吃不飽，母親的乳房就乾癟癟，擠不出可以讓孩子活下去的奶汁。

田哥家的小肉團可沒著猴！源源不絕的奶泉，來自花姑豐碩的胸脯，也來自田哥超強的野地求生技能。戰亂中，家家飢餓、戶戶赤貧，田哥與花姑卻是出奇的富足。

逼

趙家阿叔注意到了。

他把田哥叫來，厲聲怒斥：「你有偷藏我的米粟？」

他嘴角往下撇，横鼻子、豎眼睛，很久沒出現的日本假面又跑出來了。

「無！絕對無！我無向天公借膽，借到膽也不敢。不用抓到證據，日本巡查就可抓人進鐵籠仔，用皮鞭抽得全身烏青、用靴跟踹到龍骨斷去，就算沒死也只存半條命……」田哥嚇得臉都縮小了。

「那——你的查某人為啥沒瘦巴巴？你的後生為啥還圓滾滾？」

阿叔質問著，他不懂，不懂自家守寡的大媳婦，為何擠不出一滴奶？而山窮水盡的戰亂，別說一罐奶粉，就連一匙米麩也買不到。長孫阿強——太郎的遺腹子，已虛弱到快著猴了，田哥一家大小卻還是生龍活虎。

「我巡山時，胡亂挽幾叢野菜，捉一兩隻野畜。花姑有得吃就歡喜，從來不挑又不嫌。吃得夠，伊的奶水就充足，就沒餓到我的囝仔。」

田哥真的沒偷也沒藏，但是，他回答得很心虛、很小心。他擔心的是另一項，另外的一項——大包袱本來要埋掉的，他不只偷了、藏了，還高高興興用了。

還好！趙家阿叔對小肉團的尿布、花姑的新衫褲，沒甚麼興趣。他只是越聽越火大……

喔！是這樣？這樣哪還有天理？做土人家的餓得腳痠手軟；做底下人的倒好，空襲不能下田，有的是時間和體力趴趴走，到處找吃的。豬寮內的查某，吃飽喝足，養出一身油光水滑的皮肉；那個雜種囝仔，也勇得像隻小老虎。而阿強——趙家唯一的命根子，卻餓得皮包骨，離著猴不遠了。

要改變的！怎麼可以這樣？趙家虧太大了……

但是，他很清楚，梅仔坑的閒人，很會苦中作樂，即使每天與死神拔河，還是會把別人的家務事，帶進防空壕，當成躲空襲的娛樂。所以，話一定要講清楚、說明白，否則，不餓死，也會被罵死或笑死。

於是，阿叔清一清喉嚨，用難得的溫和，追討起人情：「田哥！你要詳細想。你七八歲大時，所有的親人走的走、死的死，我阿爸收留你，你才沒餓死在山內、凍死在街頭。二三十年冬以來，你吃穿都靠我趙家，連現在住的也是我的舊豬寮。」

他刻意漠視田哥的耐磨耐操，一人抵三人的工作量。談到讓田哥住豬寮，不但不心虛，還繼續用更高亢的聲調，下達主人的命令：「你是我阿爸養大的，現此時，又是我僱的長工。從明早開始，你挽的菜、掟的鳥、擒的野畜，全部要先拿回來趙家。」

田哥愣了一大下，隨即點頭如搗蒜：「是！是！」「好！好！」一脫嘴就是服從，那是他最自然的習慣。

「還有，你的查某人也不准只吃悶飯，叫她來我厝內做乳母，餵阿強吃奶，我會多給你們一些錢。」

送禮時，先小後大、先輕後重，是阿叔的交際手腕。現在，他也用相同的方式，來強迫自家的長工。

「喔！這嘛……」田哥為難了，也遲疑了。

「阿叔！花姑十做九不成，頭殼憨呆憨呆，手腳漫散又欠伶俐。阿強是趙家的寶貝，花姑粗腳重蹄的，無法度也無資格去做乳母啦！」

為了小肉團吃奶的權利，田哥第一次婉拒主人，雖然，用的理由有些卑屈。

「叫伊來，伊就要來！免講一些五四三的，錢我會多給一些就是了。」阿叔卻是斬釘截鐵。

他認定：長工就是男僕，男僕的老婆就是女傭，男僕與女傭生的小孩就是小奴才。小奴才讓出活命的奶汁給小主人吃，是天經地義的事，他的要求一點也不過分。

「阿叔！古早人說：『吃誰的奶，就會像誰的臉、同誰的心。』花姑人醜、性情壞，哪敢去當阿強的乳母？阿強生得『頭大面四方，肚大居財王』，大家公認是『將才、狀元貌』。伊若是吃錯人的奶，就會糟蹋了好相貌、好才情，那就對不起趙家祖先了。」

一向口齒遲頓的田哥，竟然「為父則強」，急中生智來了。

但是，阿叔為人祖父，也有維繫家族命脈的能耐，他做出了不情不願的大變通：「就叫你的查某人帶著囝仔一起過來住。雙奶一邊餵一個，像飼養雙生子那款樣。古人說：『雙奶餵雙孩，金銀天賜來！』你們夫妻鴻運到了，要大賺錢了。我給你雙倍的薪水、給你的查某人三份乳母的錢，你還不滿意？」

田哥當然不滿意。

戰亂匱乏之中，人奶與鈔票都「無價」：一個是救命的無價之寶，一個是買不到東西的無價紙張。他不願上當，但也不敢直接反抗。低著頭，鼓起勇氣，他說出了真心話：

「歹年冬時，山林內討食困難，若是猴母生下雙生猴仔，往往只餵一隻吃奶。兩隻同時養，不是全死翹翹，就是猴母活不久！」

大自然是最好的老師，教會了田哥物競天擇的法則。物種求生何等的困難！小肉團及花姑是他唯一的親人，他受苦受辱無所謂，可是，絕不能讓母子陷入險境。

趙家阿叔失望又憤怒，氣沖沖地回房了。

第二天，田哥捕捉到一窩竹雞仔，公的、母的，還有六隻小的。他思前又想後，終於下了很困難的決定——只送一半去阿叔家的廚房。

大戰以來，野地求生的高手雖然不多，但餓扁肚皮，滿山搜捕鳥畜的人，卻是越來越多了！田哥心中是有些羞慚，自責不是忠僕。但是，人不為己，真的會天誅地滅呀！

提著偷藏一半的戰利品，回到豬寮。眼前的景象，宛如五雷轟頂——阿叔左膝前擺著太郎的遺照，右膝前放著兒子用性命換來的褒揚狀，兩手抱著快著猴的長孫，就跪在豬寮前。不知緣由的花姑嚇壞了，摟著小肉團，躲進房去，關上門，連頭都不敢探一下。

「不讓阿強吃奶，我們祖孫就跪到死。跪不死，也要去你阿公的墓碑前磕頭磕到死！」

趙家阿叔的聲調，還是很淩厲、很專橫。他下巴向上抬，好像用鼻孔在求人，日本假面依舊沒卸下來，但雙膝已經為孫子跪下來。藏在假面的背後是甚麼？或許只是無助又惶恐的阿公吧？

無助又惶恐的阿公！

田哥腦海裡飛旋轉過好幾幕——夜裡，星光燦爛，父早死、母改嫁的駝背孤兒，緊緊倚偎著老阿公。阿公拿出大廣絃，拉唱〈七字調〉：

蒼天哪！溪水顛倒流，白髮送子上山頭。
棺材扛出大廳口，老父舉起枴杖頭。
要打棺材心肝碎，不打棺材怕閻羅。
閻羅責問拋父母，我子可有好理由？
輕打棺材放聲哭，天昏地暗父癱軟。
我子去到閻羅殿，推說惡父亂打人。
逼落黃泉難回轉，非是不孝逆天倫……

五六歲的田哥，用稚嫩的童音跟著亂唱，唱著唱著，阿公卻唱不下去了。

豬寮前，田哥腳步慌亂，急急走向滿頭霜髮的阿叔，從他懷裡接抱過小阿強。

阿叔跪太久了，膝蓋撐不住，往前一撲，趴跌下去……

啊！當年阿公也趴倒了，綠油油的稻秧，壓印著阿公扭曲的身形……出殯時，裂破的招魂旗飄上天，飄呀飄的，再跌落秧田的正中央——死去的阿公，是不是也不擇手段，逼人照顧他的孤孫？

一個活著、一個死去；一個大地土、一個老佃農……但是，再怎麼不同，同樣都是白髮悲黑髮、倉皇又無助的阿公！

田哥心軟了，騰出一隻臂膀，撐扶起疲弱的阿叔：

「阿叔！我……我不能做主，要看花姑是不是願意？」

雙奶餵雙孩

花姑當然願意！

因為，阿叔開出了優厚的條件：為了能雙奶餵雙孩，田哥抓的鳥畜全部都給她吃。夫妻倆還可以帶著小孩，住到趙家的大瓦厝去。更重要的是，趙家後院還有自挖的防空壕，戰禍中，多了一點生存的機會。

田哥有自知之明，也不願意在別人的眼皮下過活，所以，他送野味去趙家，卻單獨留守著豬寮。

不到三個月，氣急敗壞的花姑，也抱著孩子搬回來了。她臉頰的肉消失了，額頭和嘴唇一片焦枯。

田哥慌了，先一把摟過小肉團，又是摸肩膀、又是捏手臂。往日的結實鬆軟了、紅潤蒸發了。田哥心好疼！妻與兒，他都保護不了。

「妳免再去餵阿叔的金孫了？」他納悶，但也有些期待。

「免飼奶？哼！哪有那麼好！我回來住豬寮，每隔三四點鐘，阿嬸還是會抱金孫過來吃奶。」花姑光火了，口氣和她的臉色一樣差。

「伊們的金孫，一咬住我的奶頭，就像水蛭在吸血，拔都拔不掉。咱們親生的囝仔，哪還有奶可吃？」

「喔！講話勿要弄刀又射箭！把細漢囝仔比成吸血蟲，雷公聽到會生氣，會打死造口業的人……阿強真歹命，一出世就看不到阿爸。咱們也要加減疼惜伊呀！」年幼無父的辛酸，田哥一點也不陌生。

「無啦！我只有嘴內唸一唸而已，心頭哪有根？抱阿強吃奶時，也是當成親腹生的囝仔在疼惜呀！」花姑急急辯解，辯解給田哥聽，也給天上的雷公聽。

花姑真的沒說謊！踏入趙家的大瓦厝，第一眼看到阿強時，她心頭抽疼了好幾下：天呀！真的瘦成小皮猴了！眼睛閉不上也睜不開，抱他入懷時，輕得像蚊子，連奶頭都含不住。是她揉壓乳頭，一點一滴擠奶水到他嘴裡去的。好幾回，餵奶餵到一半，警螺嗡嗡大響，也是她一手挾一個，跌跌撞撞衝入防空壕。

「不是講好雙奶餵雙孩的嗎？」

「是呀！當時擲筊決定了，先用右邊的奶飼金孫，再用左邊的飼咱生的囝仔。阿強餓怕了，臉一偎到我胸前就拚命吸。咱生的囝仔，看到阿母的奶被人霸占，就拚死命哭，嚎到前氣接不著後氣，等到換伊吃奶時，已經哭到無氣力吸了。按這樣沒幾日，右邊的奶水像出泉，左邊的卻像枯井。」

原來乳房分泌乳汁，也是遵行孔子「用之則行，捨之則藏」的處世大道理。但田哥怎麼搞得懂這些？

「我送去的鳥蛋、鼠肉及野兔，妳有吃到嗎？」他心疼妻子怎會瘦掉一身的肉？

「你送來的哪有夠吃？兩個囝仔，一下子就來吸我一次。我吃入腹肚的，也馬上變作奶水被吸走了。」花姑說得無限委屈，但上揚的嘴角、微抬的下巴卻夾帶著母性的驕傲。

田哥鼻子一酸，眼淚簌！簌！簌！滴落下來。他想到荒年時，小猴仔一左一右死攀住母猴，母猴餵雙生子很拚命——拚掉牠一條命……他沒嚴厲拒絕阿叔，又找不到足夠的食物，花姑會不會也拚掉一條命？

「我……我已經拚死命去找了。美國飛行機逐日來丟炮彈，田裡沒收成，配給米不夠吃，大家都去山內討食。我找不到可以吃飽的、補奶水的……」他哽咽到說不下去。

其實，田哥並不知道，他辛辛苦苦捕抓到的鳥獸，經過趙家廚房的烹調，端過一間間廂房，再送到花姑住的後院時，有時候，已減去了一些分量。亂世，人的肚腸飢餓了，心腸也就變殘忍了。

「阿叔哪會放妳回來？」

這一問，不得了！花姑擂起拳頭，對著田哥就是一陣捶打，滿腔的怨怒與委屈，一股腦地傾倒給自己的男人：「你住豬寮快活，放我一人在大瓦厝受苦。次郎——阿叔的第二後生，我一掀開衫襟飼囝仔吃奶，伊就拄著棍子彎入房內，兩粒目睭看到紅吱吱！」

「次郎真可憐！過南洋炸斷腳，無人要嫁伊。伊疼惜囝仔，才會來看妳飼奶……」單身漢的滋味，田哥再熟悉不過了。逢年過節的孤單、日夜循環的漫長，都是遇到花姑之前，他所要面對與煎熬的。

「你真是有良心呦！還替伊講好話。普通時，伊跛入來房間，站一邊直直看，看完就走，無講話也無亂摸，我就不睬伊……有一兩遍，伊卻伸手摸囝仔的面，嘴內不知胡亂唸啥？還哭了，哭得真悽慘。」

「喔！一定是思念伊戰死的阿兄……」田哥心不忍，也嘆了一口大氣。

「哼！後來沒多久，伊的牛腳就伸出來了。伸手摸囝仔的面，順勢就摸上我的奶。還不是偷偷摸，是出大力捏肉、掐奶頭……」

「妳、妳……還是像以前，乖乖……乖乖給……給人摸奶？」田哥一急，舌頭又大了。

「才無咧！頭幾遍我閃開，咬牙吞忍了沒罵伊。昨日，我就忍不落去了。」

昨日，為何就忍不下去了？

原來，花姑奶飽了趙家的金孫，就把長出不少肉，不再著猴的嬰仔，放入搖籃裡哄睡。緊接著，她把另一個乳頭，塞進哭荒了的小肉團嘴裡：

「乖！乖！阿母惜！讓小弟先吃奶而已啦！你是阿兄，要讓伊呀！伊只有鼻屎般小粒，不給伊吃奶，伊會餓死去哦！」

小肉團當然聽不懂，但他學乖了，努力吮吸著母親怠工的左乳。奶水出得不情不願，小肉團眉鼻一皺，又要嚎哭了。花姑心疼又心急：

「乖！乖！阿母惜！好啦！阿母只惜你一人，勿要哭！越哭越吸無奶呀！憨囝仔！阿母的乖憨囝仔啊！」

她站起身，抱著親兒又搖又哄。但是，小肉團卯足了力氣，脹紅了小臉，乳汁還是出得不順暢。她坐下來，一手摟孩兒，一手揉起自己的乳房，想幫忙心肝寶貝多吃一些。

次郎又來了。不是捏手捏腳，是拄著雙枴，邁著單腳，跨入房裡。

他與太郎的長相都遺傳自趙家，是一見就忘的路人甲、路人乙。但是，從小，阿叔用龐大的資金、難得的名師，栽培出兄弟倆不錯的才情，也證明了「歹竹可以出好筍」的古訓。瘋狂的戰爭，讓原本栽培要去東京學醫、學音樂的兩兄弟，轉而搭乘軍艦下南洋。太郎灰飛煙滅，再也回不來；次郎回來了，卻沒有活出奇蹟來。「獨腳漢」與「羅漢腳❼」，還是硬生生畫上等號。

在男人堆裡，他是受膜拜的英雄。熱帶雨林的恐怖、為國捐軀的壯烈，是讓人讚不絕口的偉大奉獻。但是，一面對女人，奉獻變成難堪，今生今世，他絕對不願脫下衣褲，讓女人檢驗他的壯烈。

不管亂世或平時，他都不能娶，也娶不到；不願嫖，也嫖不了！所以，看亡兄的遺腹子吃奶，變成蒼茫人生中的一線天光。

❼ 羅漢腳：單身漢。

瞥見姪兒阿強睡在搖籃裡，次郎一旁站著，走不過來、也靠不近來。停了好久好久，停站成一尊石像。但是，即使變成了冷硬的石像，石像的內部，仍然藏有許多破不了的魔障、止不住的慾望。離開了戰場，他全心全力要從戰士回復為紳士，但是，管不住的還是管不住。

他一步步欺近花姑了……

花姑閱人多矣！女人的直覺，讓她知道有事了、有大事會發生了。她渾身冒起雞皮疙瘩……

但是，她早就不流浪了。跟定駝背漢之後，一心落戶生子，拒絕人海飄泊了。迴轉過身子，她用背部去對付男人，專心揉搓著左乳，小肉團也奮力吮吸著。母子倆都為生存付出最強的動力。

次郎也隨著她轉換方向，一步一步蹬跳，煞住單腳，穩住了重心。手一伸，摸往小肉團的臉頰：

「要活，要吃！吃入肚的，才是你的；活過來的，才是真的。」他不矯情，誠懇得像在傳教。

「死，真正非常恐怖！一透早，勇勇健健的人，還在我身邊大聲唱〈出征兵士〉。天未暗，伊們就死去了！硬邦邦、腫歪歪的死去；血淋淋、爛糊糊的死去……」

他的音質厚實低沉，聲調卻高亢急促，是戰爭紀錄片中，刺人耳膜的淒厲配音。

花姑不懂他在說甚麼？只被嚇著了，微張著嘴、仰抬著頭，愣愣望著。

女人單純的臉龐、疑懼的神情，吸住他的眼睛、鼓動他的軀體。潛藏的魔障出竅了、慾望飆強了……

他是叢林的戰士，也是梅仔坑的紳士；他是退役的獨腳漢，也是孤獨的羅漢腳。戰士、紳士、獨腳漢、羅漢腳——四種影像層層交疊、一片錯亂。錯亂中，映射出無窮的慾望、無限的絕望。

慾望在燃燒、絕望在啃噬……殘缺的靈魂與肉體，承受一刀刀的凌遲、一鞭鞭的抽打。

——這難道就是他的未來？無止無盡、至死方休的未來？

不！不！不該這樣！也不要這樣！

抓住！要緊緊抓住！眼前的，是唯一的希望……

他的手往上抓，抓往女人熱燙的乳房……

熱燙——是體溫；渾圓——是希望。手指頭有觸電的酥麻，全身有通電的銷魂。

揉壓它——像揉壓小提琴的琴絃；壓按它——像彈按鋼琴的黑白鍵。手指的神經多敏銳，動作多靈活！那是七八歲起，穿著白色燕尾小西服、打上紅領結，面對一大群賓客的精采演奏……

不！不是演奏，是生死交關的決鬥。躲不了！閃不開！溼熱的叢林，蜈蚣、蚊蟲、毒蛇、陷阱、地雷、炮火……場場都是生死的決鬥……

抓它，牢牢握它！熱燙的渾圓，是掛放在胸前的手榴彈，拉開保險，就可以丟向敵人，炸爆敵人……不能鬆開，這一趟是偷襲，也是自救。茂密的熱帶雨林，匍匐向前，不見天日的磨難，多少弟兄就死在身邊、炸爛在身邊……使勁抓著，指頭用力，握住渾圓與熱燙，抓住僅存的希望……是最後一顆手榴彈了，抓牢、用咬的——歪過臉，用銳利的犬齒，狠狠咬開它，咬開保險的插銷。咬開它！丟出去！炸它、徹底爆它……

「砰！——」爆炸了！

——肚子挨上一記狠拳。接著，是一腳，重重的一腳，踢在單腳的膝蓋上。

「哎呀！」

他慘叫，重跌落地。

是誰？誰踹他？

誰？日本長官？支那人？美國軍？印尼兵？土番？——他渙散的眼睛，聚不起任何焦點；一臉的恍惚，還游離於光怪的幻境。

「你去死啦！」

花姑站立起來，踢翻他，護著兒了也護著胸奶：「疼死啦！夭壽短命！你用咬的？我在飼奶，你走入來黑白亂、黑白纏。偷摸奶就真可惡了，還趴下來跟囝仔搶奶，搶到了，還用嘴齒來咬……」

她劈頭劈臉地罵，全身是座狂暴的火山，噴發遮天蓋地的岩漿。她一腳一腳狠狠地踢，踢向臉、踢向肚子，踢向兩手抱頭、蜷縮成一團的獨腳漢。

「死查甫！大人大種了，還偷看人飼奶？削世削眾！削你十八代祖公祖媽！奶是給囝仔吃活命的，你也敢來搶？沒餓死也會見笑死……查甫人假好心、假先覺，騙天騙地、騙人騙鬼，無一個是好人……」

越罵越憤怒、越踢越抓狂。從小到大，加在她身上的太多了，她終於反擊……踢回去、用力踢、用力踹——為甚麼活下去就要忍受？忍受一回回的委屈、一次次的猥褻、一場場的拋棄？為甚麼？憑甚麼？憑甚麼男人可以摸她、要她、騙她、不要她？……踢回去、踹回去，用盡全力，一腳接著一腳……踢向一張張嫌惡她的臉、踢向一隻隻輕薄她的手、踢向一顆顆無情無義的心……

沒錯！保險的插銷被咬開了，最後一顆手榴彈引爆了，是轟天裂地的大爆炸，有生以來第一次的大爆炸。

「假的！騙人的！無一個是真的！去死！去死！查甫人攏總去死！」她罵到喉嚨嘶啞、踢到披頭散髮……

花姑的大爆炸引來了趙家人，卻怎樣也擋不住她的瘋狂。阿叔、阿嬸、阿嫂……一個個都被憤怒的碎片炸到了。

「哇！哇！……」

兩個孩兒早都嚇哭了，一個在搖籃、一個在臂彎，亂揮亂踢的小手小腳，彷彿也跌落在無邊的怒海，就要滅頂了……

孩兒的哭聲，是洪荒的呼喚，喚醒花姑迷亂的神智。

「哦！乖！乖！阿母疼！阿母惜！」

回神了！雙生子的阿母回來了——彎身抱起搖籃裡的孩兒，三張滿是眼淚鼻涕的臉，淋淋漓漓倚偎著……

「心肝囝仔！不是罵你們，沒罵！沒打！勿要哭！阿母惜！你倆人乖，只有你們不是歹人。阿母惜！……」

嚇壞了的孩兒，依舊哇哇大哭。花姑搖著、不停哄著，仍然止不住他們的驚嚇。

她坐了下來！坐到床鋪上，掀開衣襟，用最原始的方法止哭——大的跪趴著吃，小的摟抱著吃，一邊餵一個，真的在「雙奶餵雙孩」。

每個人也都瞥見了，兩個乳房滿佈抓痕。塞進孩子小嘴巴前，左邊的乳頭，還滴滴冒出鮮血……

「喔！不！還有伊，伊絕對不是歹人！」

靜下來後，她想田哥、她要田哥，她十萬火急要回豬寮。豬寮裡有疼惜、有呵護。駝背的男人不會騙她、不會欺負她，還會翻遍整個梅仔坑，努力餵飽她。

趙家是理虧的、丟臉的。但是，按照阿叔的習慣：越是理虧，越要強辯；越是丟臉，越要不擇手段。

次郎鎖住嘴巴，被阿嬸扶回房，日後身心的療傷，是漫漫長路了。

阿叔則大發雷霆，連太郎戰死後，他絕口不用的「哪尼」、「巴格野路」也都一再飆出口。

但是，轟隆隆的閃電與焦雷，完全消失在無邊無界的洪荒。花姑安安靜靜地餵奶，抓狂的女人不見了，換回她一貫的憨直。憨直中，有不可抗拒的信念：「我要回豬寮！」

她沒說不餵阿強，也沒提其他要求，還呆呆等待趙家的同意——她不知道，於情、於理、於法，她都可以抱著小肉團，頭也不回地走開；甚而可以向保正投訴，要求一大筆賠償。

花姑甚麼都不懂，阿叔就照樣行使主人的權力，行使得四平八穩、理直氣壯——他大器地不計較今天的意外，答應讓花姑搬回豬寮。但是，每三四個鐘頭，還是要餵金孫吃奶。至於，買不到東西的日幣，他當然照付，一毛也不會苛扣。

花姑的受辱讓田哥痛徹心肺，他抱著頭，把臉埋在臂彎裡默默流淚。過了好久，才低聲問：「還會疼否？」

「夭壽疼哦！血流血滴的，怎會不疼？昨夜疼一暗暝，飼奶時愈疼，現在才較好一點！」

她解開衣釦，敞現昨日的風波。

田哥靠了過來，痛惜的眼神，停駐在斑斑塊塊的瘀青；安撫的指頭，勸慰起風波後的滄桑：

「是我害妳的！我無路用、我憨頭笨腦，才拖累妳受傷、害妳被人糟蹋！」他輕輕揉著傷痕，卻又揉出自己滿眶的淚水。

淚水點點滴落，滴落在妻子敞開的胸脯，悠悠緩緩向下溜滑，是一股股熱泉、一行行搔癢……紅腫的抓痕、受傷的乳頭，被鹹鹹的淚水一浸漬，引發一針針刺痛。刺痛中，夾帶出新鮮的快感、麻辣的挑逗……

花姑兩眼瞇細了，清瘦的身子貼了上來。分隔這麼久、經歷這麼多，此時此刻，她需要丈夫最真切、最實惠的疼惜與安慰。

「趕緊咧！趁阿嬸還沒抱囝仔過來吃奶！」她催促著。

小肉團呢？

或許在睡？或許在玩？這時候，哪還管得著他！

贖

不久，阿嬸真的就抱金孫過來吃奶了。孩子交給花姑後，不知是羞愧或受不了豬屎味，就坐在外邊的石階等，不發一語。

田哥走過去：「阿嬸，真對不住！花姑脾氣壞，不知輕重。次郎少爺有較好了無？」

想到斷腿的次郎，蜷縮在地，被花姑一腳一腳地踢，他實在也於心不忍。

阿嬸一震，沒料到田哥會先來道歉。望著他隆起的背脊、誠懇又惶恐的眼睛，她哭了！

邊哭泣、邊鞠躬，用九十度的大彎身，最謙卑的日式教養：「失禮！真正是失禮！是我們犯錯、是我們不對！您們有肚量就有福報，感謝您夫妻沒計較……」

嫁入趙家快三十年，她完全臣服於丈夫的霸道。但是，駝背長工的任勞任怨，她一直看在眼裡，也虧欠在心裡。尤其，大兒子命喪南洋，大媳婦傷心到像行屍走肉，連哺育孩子的能力都喪失了。趙家唯一的香火，竟然要靠長工妻子的奶水來救命。

身為女人，她走過哺乳的艱辛；更何況，在人人挨餓的戰時，丈夫還蠻橫地強迫人家雙奶餵雙孩！自己的孫子變好、變健康了；那對母子卻明顯變瘦、變弱了。

昨日，怎麼一向有禮有節的二兒子，竟也犯下大錯，那是天大地大的過錯！對哺乳的女人，怎麼可以伸出臭腥手去摸、張開齷齪嘴去咬？會遭天打、被雷劈的呀！

可是……兒子斷了腿也失了魂。白天，他還算正常；夜裡，就常被夢魘綁架，鬼叫鬼嚎、亂揮亂砍的，喚都喚不醒。喚醒了，也迷迷糊糊坐起來喊口令、呼口號，或是唱日本歌，從國歌〈君之代〉，唱到〈出征兵士〉、〈臺灣軍之歌〉……他是斷了腿，要不然，可能還會站起來踢正步。

原本要學醫的大兒子死了，要學音樂的二兒子殘了、變了！戰爭卻還在打，年輕人也還在死、還在傷……昨日，扶兒子回房，他整張臉慘白，不吃不喝、不臥不睡，未來會怎樣？她不知道，誰都不知道……

豬寮前，痛苦的老阿母，哭得肝腸寸斷；對著駝背夫婦一遍遍鞠躬、一聲聲對不住。將心比心，她覺得自己怎樣做都不夠，不夠道歉、不夠答謝……

第二天，再抱阿強來吃奶時，阿嬸偷偷摸摸塞給田哥夫婦一包東西——布手帕包著，沉甸甸的禮物。

小倆口慌了手腳，此生第一次有人送禮，他們不敢接領、不敢承受。一陣陣推拉塞擠，最後，阿嬸跪了下來，學她丈夫的霸道：「你們再不收去放，我就跪到死！跪不死，也要去你阿公的墓碑前，磕頭磕到死！」

抱回了小孩，阿嬸慢慢從豬寮走回大瓦厝。憔悴的臉龐，終於露出一點安心的微笑——人家分賜生命的奶泉，救活自家的長孫。不能昧著天良，只給花不出去、買不回東西的日鈔呀！所以，想了又想，她用二十多年前父母送的嫁妝，當成大兒子的感恩、二兒子的贖罪。

感恩與贖罪的禮物是啥？

田哥和花姑打開手帕——

喔！是一大把的項鍊、戒指和手鐲，全都黃澄澄的，閃射刺眼的光澤與價值。

黃金很珍貴沒錯！但是，在兵荒馬亂的年頭，也是花不出去、買不回東西的，反而帶來了很大的負擔。負擔之一是不好藏：豬寮四通八達、十面通風，沒一處安全。傷透腦筋之後，他們決定埋進樹洞，暫時解決了棘手的大難題。

另一個難題更棘手：白熱化的戰爭已進入尾聲，盟軍的轟炸更密集、更猛烈。挨餓的人更多、野外的食物就更少。而禁不住嬰孩日夜吸奶，花姑的身體更弱，乳汁變得稀薄，而且漸漸少了。

阿嬸送來退不掉的重禮，讓夫妻倆更誠惶誠恐，餵趙家金孫吃奶的任務就更重大了。俗語說：「燒磁的用破碗。」小肉團是自家的兒子，又稍微大了些，就叫他讓出母奶，改吃米粥。不過，米從哪裡來？每日一小火柴盒的配給量哪裡夠吃？田哥早就只吃樹薯野菜了；花姑餓得頭暈目眩，也會讓出白米替兒子熬糜湯。而且，每隔四個鐘頭，還要哺乳阿強一次。

百物蕭條的戰時，若狠心斷奶，小孤兒也只有死路一條，她與他都不忍心。

沒多久，田哥最擔心的事終於發生了。

竭

那天，從清晨一直到黃昏，田哥尋遍雞胸嶺，抓不到一隻野雞；撈遍清水溪，抓不到一條活魚，只好拔了一大把的昭和草回家。

那種草又叫飛行機草、太子草。日本進行「大東亞聖戰」之初，為了因應「島嶼作戰」計畫，在東南亞群島的山區，先用飛機遍撒這一類救急的種子。目的是：萬一補給線被切斷時，島上的孤軍還有野菜可救命。田哥不曉得皇軍需不需要吃，只知道梅仔坑的飢民，天天搶著吃，一個個吃得身體瘦巴巴、臉色綠黲黲。

出門前，花姑噙著口水，皺著一張苦臉：「餓到牛頭馬面要來掠去剝皮了！過這種歹日子，好比落入阿鼻地獄……唉！若是能吃一大碗白米飯，不知有多好？死也甘願！真正是死也甘願啊！」

一人獨享一碗白米飯，那真的比登天還難！田哥苦笑，丟一點點希望給飢餓的妻子：「我出去打拚，若是抓到大老鼠，整隻都煎給妳吃！」

「好！尚好！若用月桃葉包著腿肉、韭菜和一大丸白飯！喔！不知吃起來有多香？」她也笑了，笑容中有一些回憶的甘甜，但更多的是現實的苦澀。

打拚了一整天，連半隻蟋蟀也沒抓到，田哥好沮喪，也好愧疚。昭和草的味道很像茼蒿，生鮮的一大把，炒熟後卻變成一小盤。尊貴的日本太子吃過嗎？要不然怎麼又叫太子草？或者，是要阿兵哥及百姓們，一邊吃救命菜，還要一邊感恩天皇或太子？這種苦苦又甘甘的野菜，吃再多也沒有一點油脂、沒有多少營養，餵奶的女人怎能撐下去、活下去？

黃昏了！山河冷落、萬象淒寥，洩了氣的田哥回到破舊的豬寮。阿嬸沒坐在石階前等，阿強應該是被抱回去了，不知有沒有餵飽？田哥靜悄悄走進去，屋子也靜悄悄。虛弱的妻與兒，應該都在休息吧？布袋已經空三天了，距離領配給米卻還有兩天，他一陣心焦。

但心焦又有甚麼用？小肉團早已瘦成小肉乾；阿強還算好，但一點也不強。阿叔全家也在挨餓，全大坪村甚至整個梅仔坑，看不到一個活跳跳、勇壯壯的人。田哥眨了眨眼皮，知道流淚也沒用。

不能無肩膀呀！有妻有兒的男人，怎可以絕望？他自我打氣，升起爐火，燙好了昭和草，就去叫妻兒起床。小肉團爬向他，伸手照樣摟他的脖子，卻安靜又綿軟，因為笑和哭都是很耗力氣的。

花姑卻直挺挺躺著，怎麼喚都喚不醒……

一身衫褲，鬆垮垮、白軟軟，是偷藏的和服布料，反面縫製得粗粗糙糙，弱瘦到不堪的她，像極了一尊薄棉紙紮糊成的假尪仔。

棉紙紮糊的假尪仔——天呀！那是辦喪事才會出現在靈堂的……

田哥一驚，「轟！」的一聲，心膽俱裂！

他慘叫、他晃搖、他又拉又抱……他再怎麼呼天搶地，花姑照樣直挺挺，不應也不動。他伸手去探鼻息，顫抖的手指，摸不到一絲呼吸；他趴下胸口去試聽，隔著衣服，聽不見一聲跳動。妻子灰白的嘴唇、塌扁的胸乳，在在清楚地告訴他：發生了！發生了！他最害怕、最擔心的事，終究還是發生了！花姑像盡責的母猴，已經被吸乾了、吮枯了……

他放聲大哭！哭天！哭地！也罵人！罵地！

坐在床邊的小肉團，被阿爸嚇著了，他一步步、一聲聲，哭著跪爬向母親：

「母！阿母！」「母！阿母！」……

阿母卻固執躺著，不理、不抱也不哄。焦急卻無力氣的小小孩，直接哭趴在阿母身上，他要討阿母疼、要阿母愛……

這一來，真的像孝男在匍匐哭喪了。田哥看得五內俱焚，一把抱起兒子，更是哭得昏天黑地……

才一下子，真的就天也昏、地也暗了。田哥不得不橫起心腸，處理起傷感又瑣碎的後事。

他先拍撫哭累的兒子，哄他入睡。再根據習俗，尋找一塊紅布來遮蓋神龕。但這種時節，哪來的紅布？他哭著磕了頭，把列祖列宗的牌位全部向後轉，恭請祂們暫時面壁去。

豬寮沒隔間，大廳就是內房，「搬鋪」——搬移大體到客廳，再圍上布幔的老規矩，也就省免了。

剩下來，只剩「張穿」——為往生者穿上單數層的衫褲、手套、腳襪：全部加起來總共要七件、九件或十一、十三件都可以。戰亂中，活人都衣不蔽體了，哪來那麼多的衣物？田哥決定不要打擾花姑，她夠苦夠累了，就讓她好好休息吧！更何況，農曆七月，天地溼熱得像蒸籠，何必折騰她？

就著些微月光，田哥把急迫的事一項項做完……做完了，手一停，椎心的痛楚又席捲而來。啊！她才二十歲出頭，還那麼年輕！那麼想活下去！想不到昭和二十年八月十四日的今天，竟然是她生命的終點！

八月十四！農曆不正是七夕嗎？七月初七，牛郎織女鵲橋會！為何天上的夫妻可以團圓，地上的夫妻卻要生離死別？

再來要怎麼辦？哪來的棺材？買得到嗎？總不能草席捲一捲，抬往墳仔埔就隨便埋呀！妻子活得悽慘，卻死得悲壯，她可是雙奶餵雙孩的阿母呀！這幾個月來，就是捨不下任何一個，才餓到這種地步！早上，妻子苦著臉說：「若是能吃一大碗白米飯，不知有多好？」竟是她最後的遺願……

「吃一大碗白米飯」、「死也甘願！真正是死也甘願啊！」……她的聲音，清清楚楚在耳裡迴盪。

現在，她真的死了。死前，卻已好久好久沒吃到白米飯，別說一大碗，就連一小口都沒有……能怪誰？能恨誰？都是自己無能、自己窩囊！讓可憐的妻子活活餓死。田哥擂起拳頭，一拳一拳捶往胸膛。皮肉再痛，也抵不過心肝的痛……他哭嚎著，對著心愛的女人跪了下去，伏在她腳邊。

伏在腳邊，才讓他想起：天呀！竟然忘了拜「腳尾飯」！她餓死了，怎麼可以讓她再挨餓？漫漫黃泉路，沒吃飽，既沒面子又沒體力，會被牛頭馬面欺負的！

他決定了，拿出一只陶碗，抱起熟睡的兒子，摸黑來到趙家。

昔日的繁華，早已煙消霧散。此時此刻的趙家，燈火稀微，景況也是一派淒涼。田哥很懂禮俗，他知道居喪的人不能跨進別人家門。就在庭外，屈腳一跪，他哽著喉嚨大聲哀號：

「阿叔、阿嬸！我的查某人死了……阿強小少爺以及我的囝仔，再無奶水可吃了！」字字聲淚俱下。

「伊是餓死的……伊想要吃一大碗白米飯……伊現在無腳尾飯好拜……」每講一句，千百條自責的鞭子就抽打上身，田哥說得離離落落，不成句、不成調了。

屋子裡，先是一陣驚愕，接著，也傳來痛哭聲——女人的。

淚水泛流中，駝背又趴伏在地的田哥，模模糊糊看到三隻腳走向他。喔！不！是單隻腳、兩支柺杖。

柺杖歪掉在地，單隻腳跌跪下來……田哥的手臂被抓住了，力道很急切，聲音更急切，卻跟他一樣的哀慟，一樣的不成句、不成調：

「我……我不是人……我是畜牲、我豬狗不如……我失禮、我見笑……我竟然摸伊……死不對人了！天公伯呀！……該死的是我、是我這個無路用的廢人呀！……」

田哥被扶起身時，陶碗裡已裝了快半碗的白米。

——那是趙家四口最後的餘糧。是阿叔親自倒給他的，而且，是屈跪下來，用最恭敬的姿態捧在額頭前，深深一拜，再倒入他碗中的。

「我厝內有一具尚好的棺材，本來準備我過身時要用的。現此時，就送給阿強的乳母、趙家的恩情人！」

是阿叔說的。一句句說得很溫和、很緩慢。

腳尾飯

不能耽擱時間！不能讓花姑餓著肚子上路！出哥飛蹬起鴨了步，衝撞著回豬寮，升起灶火，手忙腳亂地張羅。

「花姑呀！莫著急！等一下！等一下就讓妳吃到飽！是阿叔送妳的、把全家所存的白米攏總送給妳……

牛頭先生、馬面大人！拜託啦！我的查某人，一世都善良，沒害過任何人……若有，也只有罵過我、踢過次郎少爺而已。勿要強拉伊走！至少也要等伊吃完腳尾飯，再慢慢上路呀！

腳尾飯要配一粒滷蛋吃。但是，柿仔坑這幾個月來，早就沒看過半隻雞鴨了。花姑呀！我真的無法度變出來，只好用燒材的炭灰，在碗邊畫一粒滷蛋。妳莫見怪！千萬勿要生氣！

等待以後！等待戰爭結束以後，我就可以再去種作、再飼雞養鴨了。那時，一定補給妳！一定用大碗公盛十粒香貢貢的滷蛋來拜妳！

來！心肝囝仔！起來，勿要再睏，要拜你的阿母了！你阿母有腳尾飯和滷蛋了。來！阿爸抓你的手，咱把這雙竹箸，插在白米飯正中央，要插得直直哦！咱們來看你的阿母吃飯！吃她最愛吃的白米飯！

喔！乖囝仔，勿要哭、勿要吵！你現在不能吃，那是拜你阿母的。等你阿母吃完……等她不餓了，阿爸再熬糜粥餵你吃……可憐的乖囝仔，你才這麼小漢，以後就無阿母疼、無阿母惜、永遠無阿母的奶可吃了……我的乖囝仔，你怎會這麼歹命？

月娘不夠光，無蠟燭也無香，你阿母會看不清楚。來！阿爸點著火把，讓阿母再好好看你一遍。伊要去天頂做神仙了，一定會保庇你健康平安、勿要再遇到戰爭、逐日都有白米飯吃……」

一切送亡者的祭禮，田哥因陋就簡的辦著，辦得既慚愧又哀傷。但是，不懂哀傷的兒子卻一直哭鬧。那碗腳尾飯太香了，對孩子的眼睛和鼻子，都是無比的誘惑。

田哥擋得住小手掌去抓腳尾飯，卻擋不住小肚腸的飢餓。小小孩兒鬥不贏阿爸，便爬向熟睡似的親娘，一頭鑽向她胸脯，嘴巴和鼻子一陣陣摩抵，想要翻掀衣服，尋索他好一陣子沒吃到的奶。但是，釦子扣得緊緊的，衣服穿得齊齊整整，小小孩兒，索不到奶汁，急了，邊哼哭、邊拉扯阿母的衣襟，還是一聲聲：

「母！阿母！」「母！阿母！」「ㄋㄟ ㄋㄟ！」「ㄋㄟ ㄋㄟ！」

田哥再也不忍聽、不忍看了。他蹲到牆角，摀住臉，整個人哭到死去活來……

誰知道

真的，哭到人死去又活來！

人身是肉做的，縱然是鐵打的，也禁不住這一連串崩大裂地的傷慟。田哥倦極了！似乎恍神了一會兒，也有可能是睡著或暈厥了。總之，他有幾分鐘的記憶是空白的……

身為人父的警覺讓他猛然嚇醒，孩子呢！我那哭壞了的孩子呢？怎沒聲沒息了？他跳起來，瞪大眼睛四下找尋，天呀！可別出意外、可別再淩遲可憐人了……

插在牆上的火把，被風吹得搖晃晃，滿屋子的黑影也晃搖搖。搖啊搖！晃啊晃！田哥的腦袋被搖昏了、眼睛被晃花了——因為，稻草床上，竟然出現母子相擁的一幕。

——花姑坐起身了，一隻手緊緊摟抱兒子，敞開胸脯餵奶；另一手伸向碗公，不用筷子，一手手、一爪爪的，抓起白米飯往口裡送，嚼得津津有味、嘖嘖出聲……

田哥愣住了！從頭毛尖到腳趾甲，全身徹徹底底呆住了。

他不怕！一點都不怕，是自己的老婆，跟著他受苦受難的女人。人也罷！鬼也罷！都是他的牽手、兒子的阿母，今生今世的至親。

「做夢、做眼夢！我一定是在做眼夢！」

他用力擰自己的大腿、拚命眨眼皮……

山風習習，閃爍的火把，幢幢的黑影，搖曳成一片幻夢。夢境很淒美、心境很淒涼。

留住這一刻呀！他忍不住拱手求天，滿眼垂淚，至少要多留一會兒……天地眾神、閻羅鬼差！求求你們！讓她餵飽孩子，讓她吃完腳尾飯！

他一句句說出心聲，一串串講出承諾，很小聲、很溫柔，像恩愛時的枕邊呢喃：

「花姑呀！妳一定是放不下親生囝仔才還陽，還陽來飼伊吃奶。飼完這最後一遍，妳才走得開腳，對不對？

妳放心！伊是妳親生的，不管別人怎樣黑白講，伊永遠是我的親骨肉！我就是打拚到粉身碎骨，也會將伊養大成人。妳安心放下一切，免掛念、免操煩，好好隨著觀世音菩薩去吧！去到西方極樂世界，那種所在應該無戰無爭，妳就免再受苦受難了！

這一兩年來，咱倆人也存一點錢了。等戰爭結束，我會買田、買地，不會讓咱生的囝仔，一世人做佃農、做長工……

慢慢吃！這一大碗公白米飯，全部是妳的。慢慢嚼，勿要哽到喉嚨！妳吃較慢一點，囝仔也才可以吃飽奶。再來就無了，永遠無了……

可憐呦！妳無滷蛋可配飯，竟然也吃到喘笑目也笑……唉！是我不好、是我害妳雙奶餵雙孩，才餓到這款地步。妳要怎樣打我、責罪我，我都心甘情願……我講的，以後一定會補償妳！用一大碗公盛十粒香貢貢的滷蛋給妳吃！」

「啥！真的？十粒滷蛋！十粒香貢貢的滷蛋？是真的抑是假的？」

一隻手伸過來，握住田哥的臂膀，五隻手指還沾著黏黏的飯粒……

田哥更是感天謝地起來：「喔！伊不只還陽來讓囝仔吃奶，還會應答我、對我講話！天地眾神呀！感謝大慈大悲；閻羅鬼差呀！感謝寬宏大量。等一切辦完，我會去跪拜四方、答謝眾位的！」

「你嘴內亂亂唸啥？要辦啥事？要跪啥人？拜謝啥事？」

——是伊的聲音，花姑的聲音。沾著飯粒的手指頭，竟然有些熱度，也有一點點強度。

「伊死去了，竟然還會拉我的手、問我的話！我是在做夢？或是在發狂？伊死了，我若發狂起狷，囝仔就悽慘了！」

田哥又是揉眼、又是打頭，怕自己陷入幻境醒不來；又怕醒過來，幻境消失，花姑就走了，永遠離開他了……

再也受不了丈夫的瘋癲，沾著飯粒的手「啪啦！」一記，打在田哥臂膀：

「你才去死啦！誰死了？」

還是她一慣的愛嬌樣，陰陽邊界走一遭，竟然一點也沒變！吞下一大碗腳尾飯後，走了形、失了魂的花姑，又恢復了笑意與活力。

沒錯！是花姑！是他如假包換的妻子——一個死去又活來的女人。

死了去又活過來——從劇痛到狂喜、從懷疑到確認，需要時間，也需要求證。

夫妻倆都不是編劇，也不是導演，更不是稱職的演員。眼前，這一場荒謬透頂的悲喜戲，是怎麼搞出來的？他們理不出頭緒、弄不懂原因。

如今，幸運的是，悲劇沒有成真；糟糕的是，喜劇要如何收場？腳尾飯已經全部吃下肚，吐不出來，也還不回去，小小的梅仔坑，人言可畏哪！

「妳……妳假死？妳害我哭……哭到心肝碎糊糊，妳騙人、騙大家……」田哥不得不提出質疑。但是，太高興了，高興到結結巴巴，裝不出生氣。

「啥呀？哪會變這款樣？」花姑　臉錯愕，也一臉委屈。

「黃昏時，阿強怎麼吃奶都吃不飽，又哼又啼的，我和阿嬸也無辦法，只有面對面流目水。伊們走了後，我餓得頭暈目暗、腳痠手軟，就抱囝仔去床上躺。躺落眠床後，冷汗滴滴流，流得像落雨，目前一黑，就死死昏昏去，不知是昭和第幾年了！

牛頭馬面沒用鎖鍊來套我，我也沒入去閻羅殿呀！咱的囝仔哭著要吃奶，又吵又抓的，才將我叫醒過來……

醒過來，一看到那碗白米飯——喔！真久沒吃到了，我就吃了！一吃，嘴就停不住、擋不了，連竹箸仔都不想拿，直接用手了……」

花姑嘰嘰喳喳一串接一串，努力了半天，還是解釋不出所以然。

或許，那一兩個鐘頭的「死亡」，只是極度的飢餓與虛弱造成的休克昏迷。慌亂的田哥傷慟到了頂點，當然判斷不出真相。

不過，就算花姑已徘徊在鬼門關，小肉團的拉扯、丈夫的哀訴，應該也喚得回她的靈魂；更何況還有一碗腳尾飯——滿尖尖又香噴噴的腳尾飯。

然而，花姑的解釋是多餘的，田哥壓根兒沒認真聽。妻子能活回來就好，孩子有阿母疼就好。梅仔坑人言可畏就去人言可畏！阿叔家的米，賠不起就賠不起！大不了，把埋在樹洞的金子，挖出來拿去抵罪！他只要一家三口都活著。

活著，就是好！

那一夜，田哥把昭和草吃得像滿漢全席，小肉團也搶回阿母的雙奶……而花姑——死去又活來的花姑，腦海裡不停地出現十粒滷蛋，烏亮亮、香噴噴的滷蛋，很難分辨出是雞蛋或鴨蛋……

至於明天，明天會如何？

——明天，阿強當然會再來搶奶吃；花姑也照樣會摟他、親他，用手指撫撥他的頭髮，就像母猴為小猴兒理毛一樣……

阿叔會怎樣？次郎會怎樣？白米要不要賠？金子要不要還？田哥與花姑都不知道。

他們當然也不知道：明天——昭和二十年的八月十五日。「偉大的日本帝國、神聖的裕仁天皇」，將會透過廣播，用「御音」宣布戰敗，無條件投降……

明天以後呢？誰知道？

誰知道——兩個月後，文人雅士可以張貼「喜離淒風苦雨景，快睹青天白日旗」的對聯來慶祝臺灣光復，平頭百姓也高唱「六百萬人同快樂，哈哈都真歡迎」來歌頌重歸祖國。

誰又知道——才過了半年而已！民間竟然盛行這樣的順口溜：

有毛的，吃到棕簑；無毛的，吃到秤砣。有腳的，吃到樓梯；無腳的，吃到桌櫃！
是出現怪獸嗎？
不！不是！是貪官汙吏，橫行全臺。
「六百萬人不快樂，哀哀都真不幸」——被竄改的歌詞，竟是戰後活生生的寫真。
更有誰知道——一年多之後，會有「二二八」？
二二八以後呢？還有甚麼排隊等候著？
誰知道——未來的物價會飛漲七千倍？誰知道——舊臺幣換新臺幣，竟然是「四萬換一元」？

未來這一切，誰知道？

等到誰都知道了！
知道了！又能怎麼樣？

未來——那樣沉重的未來！田哥與花姑，撐得住？挺得過嗎？

誰都不知道！

但是——此時此刻，田哥對於未來，還是充滿期待！他雙手抱過兒子，摟在懷裡；嚴嚴正正地叮囑妻子：

「以後千萬要記得，吃腳尾飯時……喔！不對！吃飯……吃飯時，一定要用竹箸，莫要用手去扒，不衛生兼垃圾相。囝仔還小漢，會有樣學樣的。」

他一心只想把小孩教好。

梅仔坑的夜就要深了，會深到黑沉沉的境地。不過，沒關係！還是會放亮的……日夜去循環，小孩去長大。小人物要的不多，一點點希望，就活得下去了。

七夕夜，田哥滿心喜悅，連做夢都是彩色的……。

阿惜姨

同與不同

阿惜姨不是秋月的親母姨——秋月從沒見過親母姨，就像她從沒見過親阿爸、親阿母一樣。阿惜姨只是她的鄰居，大她十六歲，小養母阿粉四歲。

阿惜姨看著秋月被抱來養母家、出嫁到婆家、生兒子、養女兒、添皺紋、長白髮、抱曾孫、替老伴辦喪事……就只差沒有把秋月從肚子裡生出來而已。

秋月今年八十五了。阿惜姨比中華民國還要老，是全梅仔坑最年長的人瑞，歲數跟臺灣第一高樓一樣。而且，要她爬上第一百零一層，也絕對沒問題。

兩個老女人，完全相同的有很多：她們都愛漂亮、重禮數，一大早醒來，先對著鏡子梳頭鬃、撲面粉，再抹點淡淡的胭脂，一身乾乾淨淨、清清爽爽才敢出門去。

出門時，騎著「小賓士」——四輪的電動代步車，無論是上菜市場殺價去，或穿街繞巷探老友去，都很自在及俐落。只不過，在她們的眼底，快慢車道沒甚麼大差別，紅綠燈也僅供參考而已。

兩個人偶爾也會喊一喊骨頭痠、膝蓋痛、眼睛矇霧，但是，健康檢查表上，卻都看不到紅字，狀況好到連醫生都要嫉妒。她們只要能走，就絕不站；只要能站，絕不找椅子坐；只要能坐，就不去床上躺。她們都吃得粗、喝得淡，一塊錢當十塊錢用，就連掉到地上的飯粒，也會撿起來吹一吹，再塞進嘴巴裡嚼。

但是，數不盡的相同之中，卻也有著小小的不同：她們都咬得動硬芭樂──秋月的：是牙醫鑲的上好假牙；阿惜姨的：是不蛀洞、不崩角的天生真牙。兩人都子孫滿堂──秋月的：密團團繞在身邊，又黏又煩；阿惜姨的：只要能不出現，絕對看不到人影。還有，兩人都愛嘀嘀咕咕碎碎唸──一個是對媳婦、孫子、曾孫子；另一個只能對雞鴨貓狗，以及永不還嘴的白牆。

兩人完全不同的大概只有一樣：秋月愛嘆氣、愛皺眉，眼眶常常濕濕又紅紅；阿惜姨愛聊天、愛說笑，一張嘴永遠嘻嘻又咧咧。

至於兩人都喪夫──秋月在七十几歲，阿惜姨在二十九，就很難說是相同、不同或同中有差異了。

挑

年輕時，她們都住在梅仔坑鄉的金鳳寮。一個是十多歲的苦命養女，一個是三十幾歲的薄命寡婦。

半夜，公雞都還在睡覺，兩人就在桂竹筒內塞入淋了火油的破布，燃起兩盞明晃晃的火把，照著全黑的山路，一起出門打拚去。

當日頭射穿天頂的黑帷幕，露出一小塊青灰色肚皮時，兩個女人的硬肩膀，早已挑起四籮筐的麻竹筍，爬上幾千層的長湖崎石階，繞過綠森森不見底的寒水潭，再橫過清水溪的竹仔橋，搶站在梅仔坑大市集的好位置，叫賣著掙一斤兩斤的血汗錢。

她們全是天養的——粗手粗腳、無病無痛，比男人還耐操耐勞。她們也都在養人——一個撫養自己親生的、已沒爹的孩子；一個照料養父母生的、跟自己毫無血緣的弟妹。

日頭還沒升到天頂的正中央，兩個女人已走在回庄頭的路上。由梅仔坑市集向著十多個山村輻射開去的汗路，是兩三百年間，先民挑著重擔、淌著汗水，上下海拔一千多公尺，穿山越嶺所踩踏出來的謀生小徑。陡峭的石階、青苔的土路，共構出一整個梅仔坑鄉的艱困與坎坷。

隨著步伐的韻律，兩根扁擔上上下下跳晃著。四個籮筐底，鋪放著用血汗錢換來的奶粉、米麩、鹽、糖、布疋、針線……只有在這個時候，汗路會稍微平坦些，肩頭也沒那麼沉重了。

但肩頭輕鬆後，秋月的哀怨卻變重了。她撩起花布衫，露出青一塊、紫一塊的毒打。邊掉淚、邊訴說著養母藤條抽打的力道，指甲絞眼皮、手指擰大腿的刺痛，甚至，從背後砸石頭、射菜刀的殘酷。

她問阿惜姨，也問老天爺：為甚麼要讓她出生？為甚麼要讓她被收養？如果，生母不要她，何必叫產婆剪斷臍帶？拿起血淋淋的胎衣往小臉一蒙，不就一了百了？

或者，心腸狠毒一點，學同村那個生了七仙女，卻一直生不出帶把兒子的阿雄伯公——聽說五六十年前，只要他老婆再喊肚子疼，他連去叫個接生婆也不肯，扛了鋤頭上肩膀，風一樣的轉出門去。掘了一天的農地，又彎到大坪村街上去，找人嗑瓜子兼鬥嘴鼓。快日落時，才繃著一張紫黑色的臉回來。踏入院子，只大聲問一句：

「香爐耳？或賠錢貨？」

能傳宗接代的兒子叫「香爐耳」；要費糧又花錢去養，養大了還要賠贈嫁妝的女兒，當然叫「賠錢貨」囉！

答案不是他想要的。一轉身，就閃入廚房去，抱出酒罈子，木杓一舀起，仰起脖子、直著喉嚨，咕嚕咕嚕直灌，大喉結上上下下滑動。手掌用力一抹，甩掉一嘴一顆的酒滴。再横起心，把粗辮子往頭頂一盤，晃起肩膀，踩踏廟會時七爺八爺的闊步，一步步搶進產房。也不管老婆拼死拼活的阻擋與哭喊，抓起紅嬰囡仔的一隻胳臂，吊提著往門外就走。包裹嬰孩的小被單、小尿片，一片片沿路掉落……

不久，回來了，就只有他一個人。

大腳跨進門檻，他會先去洗洗手，往祖宗神龕前的八仙桌一坐，端起大碗公就盛米飯，竹筷子大叉大叉挾菜、挾肉，大口大口扒進嘴坑裡。所有的神情、動作都跟平常一樣，任何事情都沒發生過……

「唉！那是古早人、古早事囉！現在派出所的日本巡查管天、管地、管鱟杓、管飯笠，無人敢歹心胡亂來了！」

阿惜姨幽幽地回應著，心臟卻抽刺了好幾陣……

——她也生過紅嬰囡仔，小小的一團心肝肉，軟軟嫩嫩睡在她的臂彎裡。丈夫阿田樂得嘴笑目笑，人前人後去炫耀：

「我有三個後生，吵吵鬧鬧，被煩到要割耳囉！現在總算生一個可穿粉紅衫仔的來撒嬌。有女又有子，才是一字『好』呀！等過了十六七年冬以後，就會有一個憨頭憨面的少年家，要大聲叫我丈人爸了！」

……那年，金鳳寮的冬梅盛開，紅的像火燃、白的像雪降，滿山滿谷盡是花蕊與花香……阿田幫紅嬰囡取名字，就叫阿梅……阿梅嘟著、嘛著濕紅的小嘴，一口一口吸吞奶汁。阿田站在身旁，伸出一隻手指頭，讓肉肉的小手掌握著、緊緊握著……不久，紅嬰囡下地學走路了，撐開兩手、蹬著短腿，追趕院子裡的雞鴨；濕紅的小嘴咯咯笑、笑咯咯：「阿母看！」

「阿母看！」是嫩出奶汁的聲音……

紅嬰囡、我的小小阿梅，消失了、不見了，永遠見不到了……

啊！不能、不能再想的！阿梅上面，還有三個阿兄要靠我養呀！

阿惜姨一咬牙，從回憶的漩渦中冒出頭來喘氣，面對秋月的眼淚，她的聲音雖然有點抖，卻也安安穩穩地撐著：

「秋月呀！再怎樣怨嗟，一點也無路用了！咱們是查某人，查某人的命運好比是油麻菜籽——不挑不揀，隨便撒就黑白活；無市無價，一落地就發芽。認命吧！只要守本分、認真打拚，天公伯不會永遠不開眼。一枝草一點露！總有一日，妳會出頭天的！」

阿惜姨埋藏起自己所有的痛，再從肺腑深處掏出句句安慰。住在對面，她看得太多了，眼前秋月所訴說的淩虐，其實只是九牛一毛而已！

那一年，她嫁過來不到三個月，還在當笨手笨腳卻喜氣洋洋的新婦。對面的林家，也抱回來秋月——出生才八天，包裹在破破爛爛的襁褓裡。稀疏的頭毛、軟溜溜的脖子、睜不大的眼睛，跟一隻蠕動的蠶蛹沒甚麼兩樣。只因為阿粉的頭胎夭折了，胸前的奶脹到硬邦邦，像兩顆大石頭，痛得她死去活來，於是，只好叫人翻山越嶺去領養了秋月。

秋月聲嘶力竭的嚎哭、吮奶時急切切的餓荒，都讓阿粉恨到咬牙切齒。她直覺抱在懷裡的不是軟嫩的紅嬰仔，是索掉她親兒性命的小惡魔，是前世拖欠的討債鬼。就因為這樣，秋月的小屁屁永遠有尿布疹，大腿、手臂的瘀青從沒間斷過，小臉蛋更時時殘留著半月牙彎的指甲掐痕。阿惜姨不能也不敢去勸，一勸，小紅嬰仔身上的傷痕就會更多、更紅腫。

兩個女人挑擔養家的日子持續了很久很久，又經過風風浪浪，秋月才嫁給了天助。出嫁時二十八歲，是全梅仔坑鄉最老的新娘。阿惜姨雖然捨不得，但也好高興，她確定老天爺終於開了眼縫，秋月一定會過得好一點、比較像人一點。

但是後來，娶了三個媳婦、子孫滿堂的阿惜姨，卻過得不太好、不怎麼像人……

終於，她一個人搬出金鳳寮，在梅仔坑街市的小巷弄內，租了最廉價的矮瓦房，離秋月家不遠，又當起了鄰居。那時，阿惜姨七十六歲、秋月六十。二十五年前的事了。

奉茶

二十五年後的這一天，睡不著的秋月，一大清晨，提著滿壺燒燙燙的豆漿，也提著滿腹酸楚楚的心事來找阿惜姨。

一踏進小小院子，清香就淹過來、漫過來，輕輕撩撥她的鼻頭，幽幽纏裹她的胸肺。是辭舊年、迎春光的拜歲蘭呢！一盆盆擺列在屋簷下，細、長、深綠的葉子；堅、硬、挺拔的花梗；開出、綻出一穗穗的嫩鵝黃、鴨卵青、桃絨斑、緋櫻紅……是朵朵嬌豔的花蕊，也是纍纍呵護的成果。曙光伸出溫柔的手指，撥開一層層寒霧，拜歲蘭軟茸茸的唇瓣被摩挲著。露水一珠珠，滿花滿葉滾呀墜的，滴溜溜又瑟瑟顫，閃熠出七彩的虹光。

然而，急景凋年的歲末，寒流一波波發著怒威。簡陋的矮瓦房，住著孤孤單單的老人瑞，一切顯得荒謬又荒涼。

所幸，阿惜姨一點都不絕望。雞未啼、鳥未叫，她早已起身，忙得像兜兜轉的陀螺：庭前的落葉掃乾淨後，連同果皮、魚骨及爛菜葉，一起埋入屋後的菜園子當有機肥；花花草草全澆過水了，雞鴨鵝也餵飽了，貓貓狗狗一隻隻都抱過、摸過、說完貼心話了。

她又特別多撒了兩把糙米在牆頭。天寒地凍的！梅仔坑的麻雀、白頭翁、黑嘴鵯、樹鵲仔、山鷓哥……每一隻也都討食不易呀！

而麥仔茶早就煮好了，連同笨頭笨腦的大陶壺，擺放在巷口的木頭架上。架上掛著一張木牌子，毛筆寫了兩個大黑字：「奉茶」——是多年前，在中學教書的小七先生幫她寫的，一筆一畫都客客氣氣、恭恭謹謹，像主人家彎下腰、拱起手，懇請過往路人歇歇腿、解解渴一般。

茶壺柄用細長長的紅麻繩子，繫著一只綠色的小塑膠杯。梅仔坑的老人常常背著雙手，繞著小巷弄，慢吞吞踱步過來。一過來，倒出甘甜的茶漿，一小口一小口啜飲著。他們相信：喝百歲人瑞親手煮賜的茶湯，也一定會長命百歲。至於上學的猴孩兒，也常常拿茶壺來裝。

阿惜姨總是摩搓著一粒粒小瓜皮頭：

「再倒！再倒！儘量裝到滿。俗語說：『細漢囝仔，尻川斗有三把火。』一日到晚，愛耍愛動，流汗像落西北雨，所以茶水一定要喝足喝夠，若是嘴乾引起肝火旺、中痧，或是脾土無開，糜飯勿愛吃，那就悽慘了！」

從昔日金鳳寮的汗路邊，到現今梅東村的巷子口，除了刮大颱風的日子，其他無論是過年過節、晴天陰雨，這樣子的奉茶，已持續七十多年了。

秋月清清楚楚記得，是河邊那件慘事發生後就開始的。錯不了！

伴

「好！好！妳第二媳婦磨煮的豆奶，香又好喝，不像市場賣的，三粒豆子就加了九碗水，比白滾水還無滋無味！」阿惜姨笑瞇瞇跨出門檻，口一張，就道出窩心的讚美；手一伸，就要接提熱騰騰的豆漿。

「免換手！免換手！您是老大人了，我來提就好。」比起阿惜姨，八十五歲的秋月當然是年輕人，也盡著年輕人應有的禮數。

「我連中午要吃的飯包也帶來了。等吃飽飯了後，去眠床小睏一下，再去溪底寮的三山國王廟看歌仔戲。這個戲班是臺北來的，小生高大又緣投，不輸電視裡的黃香蓮、葉青、唐美雲；小旦也生得水噹噹，聽說伊唱的哭調仔是臺灣第一苦旦廖瓊枝教出來的，邊哭邊唱，『剋喉』的唱法會催斷人的腸肚。」秋月比手畫腳描繪苦旦，好像忘了她也有一堆苦要傾訴。

「好！好！真久沒看到歌仔戲了。」阿惜姨的興致也被高高撩撥起來，這個早晨就更有盼頭了。

快樂是會傳染的，站在一盆盆燦爛如錦的花穗前，秋月難得說起了俏皮話：「拜歲蘭開得這麼熱鬧！阿惜姨，您當做子孫在疼惜呀？伊一蕊一蕊嘴開開，有叫您阿嬤或阿祖否？」

「有呦！叫得有夠大聲，一句句都叫入我心肝內，真爽快呀！」阿惜姨彎下腰、湊近鼻子，吸起一臉的幽香，接著眉笑、嘴笑，連開過白內障的眼睛，也笑得滾滾揚揚。

「拜歲蘭嬌滴滴又幼綿綿，愛日頭光又不能直接曝。日時，放在廳內；天暗時，要一盆一盆捧出來，置在厝角邊凍露水。阿惜姨呀！十二月天，酸風冷吱吱，鑽入身軀，血路就咬牢牢，您老大人千萬勿要勉強，閃到腰或摔斷腳骨，一百多歲的人單獨住，會叫天天不應，喚地地不靈喔！」秋月碎碎叨唸著操心，也憤憤吐露著不平。

「我知！我知！我還做得贏，當做運動筋骨，無啥好驚的，妳免操煩啦！」人間的不平，被阿惜姨刻意漠視著，臉上依舊蕩漾著花香與笑意。

秋月也適時地轉移了話題：「咦！您厝後種的長年菜，本來一大片，青翠翠的，為啥都無看見？是您挽去送人吃了？」

當阿惜姨的鄰居真的很幸福，時常吃到她分送的絲瓜、蕃薯葉、茄子、秋葵、甜豆……有時，還有煮熟的芋頭或玉米穗。那可都是　大清早就澆水、抓蟲、埋堆肥，真真正正的有機好菜哩！

「喔！昨日透早，我一起床，長年菜就全部失蹤去了。可能是生毛發翅，飛上天頂去扮神做仙囉！」

阿惜姨眨眨眼睛，鼻頭嘴角全都是笑。鬆皺皺的臉皮，有的推擠、有的舒展，像寒水潭被風吹著、蕩著，湧起紛紛亂亂的波浪。

「啥？夭壽哦！死賊仔脯咧！無天無良，心肝被野狗拖去吃！一百零一歲種的青菜也敢來偷挽？雷公若響，看伊要怎樣去逃命！」秋月氣得手指天、腳頓地，咬牙又切齒，老臉絞扭成一團抹布。

「唉！收音機一日到晚在講啥經濟危機、金融風暴的，我老囉！好比鴨子聽雷，聽得霧煞煞、全不清楚。不過，時機歹、景氣差，工廠一間一間倒，無頭路的人一大堆，一定是日子過不去，才來偷挖我種的菜。妳免操煩！我有老人年金可領，咱們梅仔坑的愛心行善會也時常送米送油兼送錢來看顧我。人呀！受恩就要送福，過年到了，長年菜我吃不完，就分給有需要的人，哪有啥要緊的！」

「老人年金一個月才三千塊，日子哪有可能度得過？」

「這幾年冬也已經度過去了，以前還領不到哩！想彼當時，妳七十外歲，我近九十，做夥去工廠剝撕筍乾、去青果市場邊挽檳榔菁籽。兩家和眾鄉親看顧咱倆人年老，給咱加加減減賺幾分錢。一群人坐著，免吹風曝日，有講有笑，日子真好過，運氣實在是不壞……」

「是呀！人親土親，還是咱的梅仔坑最親！」秋月點點頭，也附和著。內心卻是一陣嘀咕：「這叫做啥好運？您老大人也真是會騙自己！」

沒錯！那是很艱苦的工作，一坐就要坐一整天。挽檳榔菁籽時，雙手要使暗勁去拽、去摘，睡到半夜，整條手臂常痠痛到翻不了身。剝撕筍乾是比較輕鬆些，但一身都是洗不掉的酸臭味。

秋月有六個女兒、兩個兒子。兒子每個月固定在她口袋裡放一疊大鈔，女兒女婿過年過節也會用紅包包孝心回來。但獨居的阿惜姨，一生硬頸，從不接受秋月的資助，理由很簡單：「虧欠妳超過多，下一世投胎，會變成妳家的牛馬，我才勿愛咧！」

她邊笑邊搖頭，搖得很固執。因此，兩個老女人一起去剝撕筍乾及挽檳榔菁籽，純粹是秋月「友情贊助、親情陪伴」而已。

看完、聊完拜歲蘭和長年菜，阿惜姨拉開椅子：「來！豆奶置桌頂，咱坐落椅，做夥來吃！」

兩個用肉鬆、蛋絲、菜脯乾捏好的五穀飯糰，香噴噴地在電鍋中保溫著。一個帶豆漿、一個做飯糰，是她們倆的默契與習慣，一星期總有好幾回，不輸給鄉公所或農會的早餐會報。

撮著、尖著爬滿皺紋的嘴，吸喝著香熱的豆漿，再磨動起真牙或假齒，咀嚼紮紮實實的飯糰。溫熱踏實的感覺，從肚腔裡面緩緩上升，慢慢擴散到手掌與腳底，再集中到心窩裡去。但是，秋月的比較稀薄，她習慣來訴苦的。

首先，她埋怨起牆上的大掛鐘，越是更深人靜，越走得拖泥帶水，她的一雙老耳朵，被長短針揪著、鐘擺吊著，十一下、十二下、一下、兩下的噹噹聲，清清楚楚，一聲不漏。秋月怨，怨全天下都睡得安安穩穩，只有她的眼睛睜得比牛鈴還要大。

「老囉！睏久有啥好處？愛睏！以後免驚無棺材可躺！」其實，阿惜姨還聽到鐘錘敲第三下呢！

悠長的歲月、磨難的人生，早就讓她學會不恨天、不怨地。她知道唯有向上拉抬，心情才不會陷落。而且，拉抬久了，從起初的刻意，變成習慣的自然，慢慢地，也就真的天開地闊了。

天開地闊了，死亡——變成她常常掛在嘴邊的玩笑。也就因為這樣，十殿閻羅都不敢招惹她，大概很擔心一大票的牛頭馬面，若跟阿惜姨接觸後，很可能會感染到陽光，萬一卯起來集體辭職或心軟怠工，那麻煩可就大囉！

睡不好的秋月，心情當然也不太好：「我這隻腳早就變成氣象臺，一遇到要透風落雨，就痛到像針在戳。七八歲大時，若不是養母突然用大鐵針刺我的腳骨，哪會這麼悽慘！」

阿惜姨或許有能力改變陰鬱的死神，卻很難分送陽光給秋月。秋月依舊訴說著八十多年來，天風海雨般的愁怨。

那愁怨——真的如天風、似海雨，一刮動起來就漫天蓋地、無邊無界。阿惜姨靜靜地聽，嘆口長氣，伸出枯皺的手掌，按住秋月凹凹凸凸的膝蓋，一陣陣輕輕地揉、一下下緩緩地搓，卻把秋月熱烘烘的眼淚全部都揉出來、搓出來。

「唉！活到八十五了，養母也往生三十年冬，我早慢也要去閻羅殿報到。到現此時，還在怨嘆伊苦毒我，講來就見笑……」

重訴當年的受虐，確實已沒任何意義。但是，歲月飄遠了、人事改變了，蒼蒼莽莽的世間，就只剩下阿惜姨見證過她的苦難，也疼惜著她的苦難。只有阿惜姨能了解，即使現在衣食無缺、子孫繞膝，秋月依然是當年被生母遺棄、被養母毒打的小女孩。

「是呀！妳養母真正是沒天沒良！彼當時，妳還是鼻屎般大的查某囡仔，每日一透早，天都還未光，就先要起床去舂米。人矮，看不到石臼槽，還要拿椅子墊腳。手短，木椿好比千斤重，妳雙手都起水泡、結硬繭，汗流濟落一身軀，讓人看得真是心酸……」

阿惜姨喚回了久遠又沉重的記憶。但是，她心酸的又何止這一件……

那一段歲月潛藏著荒誕與悲辛，心膽俱碎的事接二連三的來；庄頭裡的流言，是處處飛射的刀劍。她無力拯救傷痛的自己、無力保護受虐的秋月——就像那一刻，滔滔大水中，她挽不住、拉不回自己的心肝寶貝……

阿惜姨眨了眨老眼，一張一闔的眼皮雖然鬆垮垮，卻也暫時逼回快要漫出來的眼淚——一百零一歲了，甚麼都可拋得開、放得下，就唯獨這傷痛，深深溶浸在血裡、雕鏤進骨頭裡……呀！不能回頭、不能細想的——她嚴重警告自己。於是，揉搓在秋月膝蓋上的手掌，就更細膩了……

「彼一日呀，妳揹著小弟阿祥，擇一只滿到像大尖山的竹籃子，去溪溝洗衫褲。一家十來口的大件小項，都放給妳捶、放給妳洗。

日頭赤焰焰，曬疼人的皮肉；肥滋滋的阿祥，把妳的腰骨都快壓彎了。洗完，日頭已經行過頭殼頂，妳才轉入庄頭來。妳養母抓狂，罵妳不煮飯、不炒菜，死坐活吃。伊的手裡拿著一支大鐵針——縫粗麻布袋用的，對著妳的腳骨就刺過來，這一刺，就刺入關節內。我衝過去將妳抱起來，轉身逃入我的厝內，伊還追在我背後，一直拍門踢戶、又詈又罵，好像要將妳裂吃入腹……」

「阿惜姨！彼當時，您若無救我，那支布袋針再多刺幾下，最好刺在心窩，一切就結束囉！」秋月腦中重演著七十多年前的慘傷，照樣疼痛到兩腿打哆嗦。

「妳放心！那支大布袋針在妳腳骨插牢牢，連血都流不出來。妳養母絕對無力拔出來再刺妳，妳也只好活著，繼續為伊做牛做馬……後來，我揹妳下山……」

「喔！揹著七八歲的我，從金鳳寮走到梅仔坑街市，最少也要六七點鐘？」

「彼時少歲，身體勇壯，一緊張，走起汗路像用飛的，免用三點鐘的時間，就趕到街仔頂江醫師的診所了。妳趴在我的背上，早就痛到死死昏昏去。注射了麻醉藥後，那支布袋針才從腳關節拔出來。

半夜，妳發燒，燒到額頭火燙燙，嘴內亂亂唸。江醫師和我，攏不敢躺落眠床去休睏，一直照顧到天光。

第二日，燒一退，敷上消炎藥，白紗布纏一纏，我再揹妳轉回去金鳳寮。妳單隻腳一蹬一跳的，還不是要去飼雞、煮飯……」

這件慘事，她們對談過幾百遍、幾千回了。阿惜姨相信，多講一次，就能多釋放掉一些怨苦——她懂得秋月，也懂得人性。生命的苦痛是不能勸解的，一直勸解受苦的人放下，只會讓人更放不下。

「當然囉！妳不是阿粉親腹生的，伊當然就勿會將妳疼入心肝。」她為秋月抱屈，說出秋月不願明講的事實。

「唉！」秋月深深嘆氣了。

隨著舒吐的長氣，她的怨、她的痛，好像也稍稍減輕了。但是，那句：「我也不是您親腹生的，您卻是對我疼入心肝！」還是憋著、忍在嘴邊。這種太露骨的貼心話，不管是年輕或老去，她一輩子都不會對阿惜姨講出口的。

「不過，秋月呀！妳雖然嘴內碎碎唸，其實心肝內一點恨也無。俗話說得沒錯，出嫁的查某人呀！『頭毛白紗紗，還是愛外家』的！

自從妳嫁給天助，生男育女，跌落子孫坑，勤勤儉儉，日子也不是多好過。但是，五月節、八月半、九月重陽，或是新年頭舊年尾，妳還不是買魚買肉、剪布做衫，託人送回去金鳳寮！

阿粉躺落病床那兩三年，妳每一個月，也都翻山過嶺，轉回去外家照顧伊。熬中藥、洗身軀、捧茶飼飯的，哪有輸給阿粉親腹生的或是大花轎娶入門的？」

阿惜姨記得很深切，秋月因為公公過世，按照習俗要三個月後才可以回娘家。一踏入門，她就急切切替養母梳頭鬃、擦臉、洗身軀、換衣褲，卯起勁和滿床滿室的病味、尿臊味作戰。衣物晾上竹竿前，當時，還住在對面的阿惜姨，走過來幫忙絞水。一張大被單，開滿了大紅大黃的富貴牡丹，她們一人握緊一頭，用同等的力道、相反的方向，絞擰出一股一股的水花。而秋月的眼睛，不必擰、不用絞，就流出滔滔的淚水：

「阿惜姨！我看我的阿母擋不久了！伊講話講不輪轉、吃飯吞不入喉，灌落的藥汁全部從嘴角溢出來……」她吸著鼻子、哽著喉嚨，說得抽抽咽咽。

多年的老鄰居，阿惜姨眼見掌家的阿粉，從不可一世的驃悍，到癱倒在床的衰軟，難免也有感傷：「伊病倒真久了，佛祖若是要接伊前往西天，也算是一種解脫。該來的總是會來，妳勿要一直操心！」

「我是吃伊的奶水長大的……無伊，就無我……阿惜姨！俗語講：『生的放一邊，養的大過天！』我、我不忍心……」原來，毒打的記憶雖然忘不了，哺育的恩情更是不能忘。

阿惜姨點點頭，伸出手掌去拍拍秋月的手背。面對生命的大限、身心的痛楚，旁人的力量都很有限，但至少是一種支持。

不過，她拍撫的掌心，竟碰觸到一枚硬物：戒指——小小的，閃著金亮的光芒。基於好奇，也基於想轉移秋月的哀傷，阿惜姨捧起她的手：「是天助買來送妳的？」

「喔！無啦！是我阿母送我的。四五個月前，伊躺在眠床，我用燒水、面巾，為伊擦完身軀，又捶腰骨、抓龍、放筋絡。伊不知是清醒或混沌，竟然拔下這只戒指，置在我的手底，細聲講：『妳無嫁妝……這給妳，千萬勿要給別人知！』……」

「哦？真實的？」太錯愕了！天簡直要下起紅雨了。「唉！人總算會良心發現的！」阿惜姨忍不住再湊近鼻子，眼睛用力瞧。

這一瞧，卻有些生氣了——那戒指是假的，有金子的顏色，沒金子的成色，是簳仔店賣的玩具，黃銅做的，哄小女孩扮家家酒用的。

「唉！妳嫁出門也二十幾年了，現在才給妳嫁妝有啥路用？要給，還給個假的，分明是糟蹋人嘛！」

「無要緊啦！彼時，我阿母病得昏昏憨憨的，伊的小曾孫爬上床跟伊耍，說金戒指送給阿祖，伊就歡歡喜喜戴上了。現在，又轉送給我。老大人、囝仔性，真是趣味呀！」秋月從哀痛中踏出來，提及養母的施惠，她笑得合不攏嘴。

但阿惜姨並不覺得多有趣味。她忘不了，忘不了天助家送來一筆不算少的聘金；秋月上花轎時，帶過去的嫁妝，卻只有身上穿的那套衫褲。

迎娶的隊伍走後，一群三姑六婆在背後議論：「讓養女做生做死，做到變老姑婆才放嫁，嫁妝連一張椅子也無！大戶大頭的，真是鹹澀、凍霜兼無天良！」

有人答腔：「嘿！無桌無椅哪有啥要緊！吃飯時，就叫秋月捧著碗箸，坐在天助的大腿上，倆人新烘爐、新茶壺，燒燙燙、熱噗噗！糖甘蜜甜哩！誰要妳目眶赤、白操心？」當下引起一陣大笑。

一嘴嘴對談、一波波大笑，刀來劍往的，不知是殺向可憐的新娘，或是刻薄的養父母？只是，一旁聆聽的阿惜姨，卻覺得自己遍體鱗傷了。

「阿惜姨！阿母有想到我沒嫁妝，又補送我一只戒指，不管是真金或假銀，我總是真歡喜！」養母危在旦夕，秋月受虐的記憶就淡一些、少一些。

但是，當年——當年就不是這樣了……

算命仙說秋月有招弟又旺家的命，阿粉才抱她回來解決「胸前大患」。秋月也很爭氣，不但招來一個個弟妹，還日日夜夜，包天攬地的工作著，變成一家的經濟支柱。像這樣好的肥水，怎捨得流落外人田去？於是，阿粉及丈夫，強迫秋月與小她一二歲的弟弟送作堆。還好，從小你看著我流鼻涕、我看著你抓癩痢頭的姊弟倆，死也不肯就範。秋月就只好被耽擱著，沒人理會她的青春。反倒是，弟妹一個個嫁的嫁、娶的娶了。當然，送出去的聘金及嫁妝，也都是秋月收割一季季竹筍、叫賣一擔擔蕃薯、養大一頭頭肥豬換來的。

就在七八個弟妹都嫁娶了之後，秋月的婚事才被正式提出來討論。

討論的結果，他們決定替秋月入贅一個丈夫——不！應該是替家裡找一個免費的長工，比較正確！

正常人家的子弟，怎願入贅女家，終身矮人一截？所以，託人來說親的，不是身體有問題的，便是情感有過去的。

阿惜姨知道，入贅是行不通的死路，嫁出門去才能讓秋月脫離苦海。於是，她暗中使了大力，串通好媒婆阿旺嬸，牽合了天助和秋月。她了解三十歲未娶的天助有多麼憨厚老實；而秋月苦了二十八年了，老天爺總不該一直瞎眼又聾耳吧！

苦戰了很久，最終，還是一疊疊簇新的鈔票，才讓老天爺睜開了雙眼，讓秋月的養父母軟化起心腸。

回娘家

出嫁後的第三天，秋月由天助陪伴著，一起回娘家。

夫妻倆一手提著伴手禮，一手牽著對方。雖然已是天經地義的人生伴侶了，卻還是怯生生、彆彆扭扭的。偶爾對視到眼睛，天助愣痴痴地傻笑，秋月還會飛紅了雙頰。一見到前方人影閃動，兩隻牽握著的手會立刻鬆開，像做了賊怕被抓似的……

打完招呼、聊完天，領受了調侃或祝福，偷偷回過頭瞧——那人走遠了。天助的手再悄悄伸過去，握住新嫁娘，握住屬於自己的女人。就這樣，一路牽牽放放、放放牽牽，走向秋月滿布不堪記憶的娘家。

五月的天候，既是初夏也是春末。山頭路尾，一棵棵相思樹、大樟、綠楓香，都高高聳向藍天。野生的大百合，吹響一隻隻震天的喇叭；紅紅的扶桑花，像喜氣的小燈籠，一盞盞吊掛在枝頭；女蘿草、菟絲花，則你糾我繞，纏纏又綿綿……

羞澀的新嫁娘，好想彎進去對屋看看阿惜姨，有些話不能說出口，但也不必說出口。

她知道，若不是阿惜姨偷偷去請老族長出面說公道話，養父母還想再拖延婚期，會一直拖到中元節過後，讓她做牛做馬，割完、煮完、挑完、賣完那一夏天盛產的麻竹筍，才讓她嫁出門。

娘家的大魚池，蓄著滿盈盈的春水；大柳樹彎低了腰身，風一吹，嫩細的柳條就漂呀漂、撫呀撫的，畫起一圈圈溫柔的漣漪。

柳樹下綁著一頭水牛，新買的，兩隻彎彎的牛角中間，綁著一朵大綵球——跟三天前，秋月花轎頂上繫的那朵很相像，一樣的紅豔，一樣的喜氣。

秋月站定了、愣住了，眼睛也霧濛濛，蓄起了春水……蓄滿了，便一滴滴淌落，無聲又無息。

「是……是怎樣啦？」天助問，急得額頭爆出豆大的汗粒。

秋月搖搖頭，哽塞住的痛楚，發不出聲的悲哀。她幽幽地流淚，流得好心酸、好長久……

也是過了好長好久以後，秋月才對天助說：「牛嫁出去了，所以，他們用聘金再買一隻回來！」

子孫事

天公真的有開眼——因為，阿惜姨沒看走眼。

天助果然是疼妻又顧家的好男人。扶持了五十幾年、倚靠了半個多世紀，這對人間男女流著血、淌著汗，打拚出一個熱活的家、吵鬧的窩。天助不只沒虧待秋月，即使走了之後，也還留下一大群子孫給秋月操煩，免得她日子太無聊。

子孫事，果然很操煩，秋月一邊喝著豆漿，一邊喃喃唸起家中那本難唸的經：

「前幾日，我的曆孫阿明，帶女朋友來給我看。二十外歲，生得還差不多，不會太歹看。不過，見到長輩也不曉要稱呼；頭毛染得紅貢貢，耳殼釘了七八個耳勾仔。天氣寒到要死，伊還愛嬌、不驚流鼻水，穿一領紅色叫啥小可愛的，外套又故意不扣鈕釦仔，獻胸又露胛，身軀一俯低，奶溝就被看現現；手一抬高，肚臍就走出來看人。站無站款、坐無坐相，兩隻腳震動來震動去。古早人講：『樹搖葉落，人搖命薄。』真是無體無統！這兩夜，竟然手牽手就去睏同間房，一點都不管別人會講閒話，這種查某囡仔哪會有好家教！唉！我的憨孫在臺北學壞去了，伊的阿爸阿母也不管。一看著，我腹肚內就點著一把火……」

阿惜姨靜靜地聽，滿心滿懷，還是豆漿與飯糰帶來的溫熱。她見到孫子及曾孫，已是好久好久以前的事了。還好，秋月一家她都很熟，一句句姨婆長、一聲聲姨祖短的，喚回了她七零八落的天倫。現在，連瘦瘦黑黑的猴囝仔阿明，都大到在談戀愛，她笑開了：

「秋月呀！我大妳輩也長妳歲，妳要聽我慢慢講：家和萬事興，少年人互相意愛，歡喜就好，千萬勿要去干涉。『溪水甚清就無魚，做人甚嚴就無親！』老大人耳較鈍、目較矇，就是天公伯要咱們勿要聽甚清、看甚明。

世間若戲臺、人生像演戲，一齣戲演完後，就要換人上臺，咱年老囉！停鑼散鼓的時間若到，戲臺馬上要讓出來。家內事睜一眼、閉一目就好了，勿要自己操煩，又惹別人棄嫌。」

秋月又乖乖點頭了，八｜五歲的她，一聆聽起阿惜姨的教誨，就變成八歲或五歲的小女孩。但是，睜一眼、閉一目就能「家和萬事興」嗎？秋月有些懷疑。

……二十五年前，阿惜姨搬離金鳳寮，住進矮瓦房時，她問起原因，阿惜姨答得雲淡風輕：「一個人住，清清閒閒、自由自在！愛吃啥就煮啥，要睏就去眠床躺，日子好過，心肝較快活，這才是真正的好命！」

不痛不癢的說辭、四兩撥千斤的力道，秋月卻聽得滿心的不平與不安。若不是發生了大事，阿惜姨絕不會搬離老厝，那是她與阿田叔胼手胝足，創建出來的生命基地，也是她拉拔、養育兩代孤雛的堅固城堡。

秋月心裡有數，一定又是阿惜姨的大媳婦惹的禍。但是，當事人不明講，秋月也就不追問了。

然而，梅仔坑鄉是藏不住祕密的，秋月不用探聽，真相也會慢慢浮現。

原來，阿珠——阿惜姨的大媳婦，是梅仔坑有名的潑辣貨，丈夫阿德被日軍強徵為炮灰，死在印尼的原始叢林，屍骨無存，只存下一紙為國捐軀的褒揚狀，及三個嗷嗷待哺的黃口兒。

為了活下去，她必須握起拳頭向天爭、對地抗、跟人鬥。無休無止的爭、抗、鬥，本來個性就剛烈的她，更練就了一身的硬骨硬氣。當然，硬骨硬氣也夾帶出暴性暴行。就這樣，她的脾氣一爆炸起來，絕對不輸給毀天滅地的原子彈；一嘴的尖牙毒舌，也贏過叢林裡百步奪命的雨傘節。

那次，只為了燒柴煮茶的芝麻綠豆事，她就擺出大茶壺的姿勢，一隻手掌叉住腰桿、一隻手指頭伸出來，戳向自己婆婆的額頭，再傾倒出滿腔滿肚的沸水滾湯，把最殘酷的底牌沖掀開來：

「逐日奉茶！奉去要替人死呦！再煮千年、奉萬冬也沒救兼沒效。假仁假義！講啥顧念挑重擔的過路人流汗嘴乾？講啥做功德可庇蔭子孫？哼！騙天騙地、騙人騙鬼！一粒心肝比石頭還硬！妳解開布揹巾，放三歲的親生囡仔給大水流去時，才真真正正是全天下最有情有義的阿母哦！……」

年過半百的悍婦，把婆婆最不堪的慘事，搬演得像數來寶一樣精采。一波波烈烈轟轟的聲浪，穿透屋瓦、繞過屋梁，送達金鳳寮每片耳朵的深處。

阿惜姨卻像被烈火焚身，一寸寸、一分分爆裂，燒成焦土、變成灰燼。她緊緊抿住嘴唇，老臉從紅通通，煞成青損損，再轉為白蒼蒼……她明白，越是相處親密的人，越知道致命傷在哪裡，只要橫起心腸，絕對可以百發百中。

阿珠持續開罵，高尖又銳利的嗓音，像指甲刮著毛玻璃，一道道、一聲聲，刮起聽眾全身的雞皮疙瘩：

「妳活到頭毛白蒼蒼，還腳健手健、耳清鼻靈，滿嘴牙齒白森森，無蛀坑又無缺角，比少年人還較勇較強。俗語講：『活老無老相、子孫可憐樣！』妳就是命硬運歹，才註定會剋夫害子……」

排山倒海的詈罵，嚇住了左鄰右舍。有人轉身就走，走時，不忘「呸！」一聲，吐口水落地，算是對不孝媳婦的譴責；有些人卻是瞪大眼睛、跳快了脈搏，期待免費的野臺戲越演越精采。

阿珠果然沒讓鄰居失望，舌頭與牙齒間吐出來的，早已不是人話：

「咱厝內欠錢又欠平安，攏總是妳害的。無妳，我的尪婿阿德不會十二歲就沒老爸；無妳，我也不會十九歲就守寡……」

一般自認命苦的人，不是自怨自艾，就是責怪別人。阿珠理直氣壯地選擇後者，全心全力淩遲比她更苦命的婆婆：

「哼！妳會肉韌骨硬、長壽長命，是削減厝內親人的歲壽換來的；是搶妳尪婿的福分、奪妳後生的陽壽，以及害死親生囡仔得來的，絕對不是啥奉茶假好心換來的……」

阿惜姨早把自己鎖進房內——那是她三十多年來對付潑辣媳婦的唯一辦法。

金鳳寮四周圍繞著山巒，一起一伏、一層一圈閉鎖著，也閉鎖住兩人的守寡歲月。婆媳間有著雷同的不幸，也有著天差地別的個性，偏偏同住在一個屋簷下，刺傷著彼此。

阿惜姨關不了耳朵，就像大媳婦合不起嘴巴。每一件往事的重提，都深深割裂舊傷，汩汩湧出鮮血，浸透了荒蕪的歲月。

癆

那段荒蕪的歲月，要活下去，真的好難好難！

阿田叔──阿惜姨的丈夫，才三十歲，卻真的再也活不下去了。

曾經健壯的他，只剩下一張乾枯的薄皮，薄皮撐張開，貼裹住嶙嶙峋峋的大骨架；紅豔豔的鮮血，一口一口從肺癆末的胸腔咳出來、嘔出來。

二十九歲的阿惜姨，牙根咬得嘎嘎響，一滴淚也不准自己掉。手指哆哆嗦嗦抖著，裁起破棉布來縫口罩，再一份份送到來幫忙的鄉親面前，懇求他們一定要戴上。

阿田叔一躺落病床，她善盡所有的照料，但是，卻嚴禁孩子們靠近。病父思念幼兒所發出的聲音，不管是懇求、哀嚎，甚至是搥床咒罵，都改變不了她斬釘截鐵的拒絕。

丈夫一斷氣，窗外大小孩子哭爹喊爸的聲浪，一聲悲過一聲、一浪慘過一浪。

阿惜姨卻是徹徹底底聾了、瘋了！她瞪大血紅的眼珠，衝出病房，一手抄起竹篦片，對著親生兒，就是死命地抽、死命地打。齜牙咧齒的她，嚎出最淒厲的咆哮：

「死老爸，不准又死囝仔！……死老爸，不准又死囝仔！……」

此時此刻，她是兇猛的母豹，為了保護幼獸，就算是被碎屍萬段，也要和噬血的雄獅搏鬥。

她一路追打、一路狂罵，從停屍的廳堂打罵到庄尾。整頭黑髮披散下來，遮不住的臉頰比冥紙還要焦黃——就這樣，她阻擋了肺癆的蔓延，也阻擋了父子們最後的、天倫的——惜別。

丈夫一入土，她就揹起三歲大的阿梅到田裡除草。隔天，照樣上山幹活：燒起大鼎煮麻竹筍，再肩挑籮筐，跋涉汗路，到梅仔坑市集去叫賣。叫賣的力道雖不強，但四張小嘴巴已不需哭喊飢餓了。

但是，老天爺還是沒放過她。不只沒放過，還橫起心來惡整——丈夫入土不到三個月，那件慘事就緊咬著發生；八年後，大兒子阿德也走得無影無蹤……

喊

阿惜姨關在房裡，不堪的往事，像暴起的龍捲風，隨著大媳婦的辱罵，橫掃向她、襲捲向她……

算一算，阿珠嫁過來時還不到十七歲，阿德卻走了快四十年。四十年！拖累她太多，也累積得太多，就讓她痛快罵吧！

那是怎樣的歲月、怎樣的疼痛呀？阿惜姨仰起頭望向窗外，既望不到希望，也忘不掉失望……

——二次大戰末期，日軍一腳深陷在中國的泥沼，一腳踩進了南洋群島的流沙，節節慘敗之下，只好全面徵兵，無辜的臺灣子弟，一個個被推上前線當炮灰。

「皇民化教育」換洗了一大批年輕人的腦袋，讓他們以效命日本天皇為榮。但是，太平洋大戰瘋狂持續後，所謂的效命，就不再只是激昂的理念，而是一個個瞎眼、聾耳、缺胳臂、斷大腿的重度傷殘，以及一道道真真切切的無情死訊。幸運一點的，死後由同袍剪下一撮頭髮、幾片指甲，留給父母或妻兒；不幸些的，就不知是被大炮轟炸得灰飛煙滅，或被蟲蟻嚙啃得形銷骨毀了！

篩除掉殘障、弱智、瘧疾、沙眼的……那一年，全梅仔坑鄉一共有三十多個壯丁被徵召成為「出征軍伕」。一向習慣於彎腰插稻秧、跪地除田草的小伙子，一套上草黃色軍裝，沒顯出英挺與威武，只穿出了彆扭及驚慌。

玄天上帝廟前的大廣場，倉皇的家屬與送行的人群，從十幾個村落擁塞過來。臨時誓師的司令臺，是歡慶的戲棚子改搭的。臺上臺下，插滿了太陽旗，一面面的白底紅胭脂，逆著民風與強風，招展得肆無忌憚。然而，戰爭畢竟打太久了，白底已沾染了泥灰，胭脂也褪去了紅豔，變成一張張藝妓似的臉，不只畫壞了彩妝，還狂笑得很猙獰。

那位大軍佐，短短的鼻子下留著一小撮仁丹鬍，長統馬靴霹靂啪啦響，挺直腰桿走上臺。肩頭的軍階與徽章，閃射著刺刀的鋒芒，既炫耀殺人的碩果，也吶喊著「大東亞共榮帝國」的迷夢。

他個頭矮矮的，卻是兩眼如鷹、動作如狼。儘管在最慘敗的當口，他仍然要自己堅信，也要入伍的小伙子們相信：拋別家園、捨棄生命去為「祖國」奮戰，是多麼的神聖，多麼的光榮！只可惜，他講的日本話，再怎麼風風虎虎，此時此刻，沒幾個人聽得入耳。

——終於，他尖尖的倒三角臉，拼脹得血紅，短短的脖子突暴出一條條青筋，握緊右拳頭，迸盡全身的力量，衝著太陽旗，一拳一拳高喊著：

「天皇陛下萬歲！大日本帝國萬歲！出征兵士萬歲！槍後眷屬萬歲！萬歲！萬歲！……」

胸前別著一朵紅綵花，擠在「光榮軍眷」區的阿惜姨及阿珠，突然湧起了莫名的恐懼，兩人同時放聲大哭起來。年長的寡婦，癱坐在地，一拳拳捶往自己的胸口；青春的少婦，披頭散髮，被拿槍的日本兵牢牢架住、擋住。

然而，她們並不孤單，四周的哭聲喊聲，沒人比她倆來得小……

三十多位出征青年，胸前都斜背著大紅綵帶，那種怵目驚心的紅豔，讓阿惜姨憶起了丈夫臨終前嘔出來的鮮血。綵帶上「為國出征」、「光榮入伍」、「為民作戰」的大白字，讓佩戴的小伙子手足無措，所有立正、稍息、向右轉、起步走的簡單動作，雖然做得整齊，卻都失了力道……

可能是當慣孤兒的關係吧？才二十歲的阿德，還是勇敢的。在前進的隊伍中，他努力抬頭挺胸，用行動來安撫年輕無助的妻子。

呀！真的好年輕——早婚的阿珠才不過十九歲；也真的好無助——她牽著一個大的、抱著一個小的，肚裡還懷著一個未完全成形的。

隊伍向前行了，像隻草黃色的大蟒蛇，卻已是氣息奄奄。慢慢移過去、滑過去，就要游上大卡車了……

「阿德！要轉回來呀！一定要活跳跳回來厝內！你有三個囝仔！伊們不能無老爸呀！」

大媳婦的哭喊，聲聲淒厲，蓋過阿惜姨的呼喚。

……是呀！阿德！聽阿母的話，一定要返回來！無論如何一定要返回咱們的金鳳寮！你的妻子不該像我一樣守寡，你的孩子也不許跟你一樣苦命！……肺癆殺死了你的阿爸，你可千萬不要被美國兵、支那人或南洋番殺死呀！

我知道你恨阿母，你替自己、阿爸及小妹抱不平，八年來，從不叫我一聲阿母。但是，你應該明瞭的……打你、罵你、叫你帶著弟妹閃得遠遠去，是為了你們好，死老爸，不准又死囝仔呀！小妹會淹死在溪中，我怎麼會是故意的？

阿母不怪你，也不怪阿弟們跟著你怨我、恨我。要怪就怪命運吧！喔！不！命運我也不敢怪。我只求天公伯大發慈悲，讓你返回來。我每日透早都會到門口去跪天跪地、叩求過往神明，只求讓我兒阿德能從戰場上回來……

要上車了，阿德！回頭呀！回頭看一眼你的妻與子，記住她們的樣子，你就是拚了血命也會回來。阿德！回頭呀！

氣息奄奄的大蟒蛇，游上大卡車了……阿德伸開像極他阿爸的長腿，跨爬上去了。呀！

他坐下身了……阿德！我的兒！回頭！回頭看一眼！求你、拜託你……好好看著、好好記牢，那是你結髮的妻，那是你親生的骨血。不管在任何所在，沙漠、樹林、深山、大河……不管敵人是誰，槍彈、火炮、刺刀、毒氣、蛇蠍、口渴、肚餓……即使戰到一身是血，即使只剩下你一人，聽阿母的話！不准死在外地，不准當孤魂野鬼，爬也要爬回家來……你十歲就不能見阿爸的面，十二歲就當孤兒，你忍心讓你兩歲、一歲及未出世的囝仔，也沒阿爸疼惜嗎？回來！不准死，聽到沒？回來！爬也要爬回來！

敞篷的軍用大卡車，「噗！噗！噗！」噴著黑屁煙，緩緩開動了……

黑屁煙的後頭，追喊著二十多家眷屬：白髮蒼蒼的，拄起枴棍，呼子或喚孫；理小光頭、還穿著開襠褲的，哭爹又嚎爸；擦水粉、抹胭脂，要丈夫記住媠嬌美麗的，一個個眼淚鼻涕糊滿臉。整條街的人衝衝撞撞，全部去了魂、亂了魄。他們用盡力氣追著、喊著，也一路跌著、仆著……拚死也要多看一眼，那　眼，可能就是最後一眼！拚死也要多喚一聲，那一聲，可能就是最後一聲！

車輪後，顛顛頓頓的石子路，是支離破碎的心情。黑煙滾滾、塵沙滿街，哭聲直衝雲霄。

這裡，不再是熱鬧的梅仔坑市集，是慘烈的人間煉獄。

軍卡車上面，原本抿嘴默坐的阿德突然站起來，衝衝撞撞，奔跌到車廂後面。車下追跑的人群黑壓壓，其中，有他的阿母、他的妻與子，以及他未出生的骨肉……

他挺住身，兩手圈成喇叭，迸出胸腔所有的力氣——他喊了；雙膝一屈——他跪了……跪下去了……他喊了，挖出心、掏出肝，大喊了……

喊出來的音波，被引擎聲、哭喊聲，徹頭徹尾淹掉、吞掉。但是，阿惜姨心裡聽到了，清清楚楚聽到了。

沒錯，是那兩個字，一定是那兩個字！她苦苦等了八年的兩個字。不必從口型去判斷、勿需用表情去分析，母子連心，她的的確確聽到了。

就為了那兩個字，縱使挖心挖肝、再受苦受辱無數個八年，她都願意。

雨夜花

果然，每天清晨，阿惜姨煮好麥仔茶，就點起三支清香，到門埕口去跪天跪地、叩求過往神明。

雖然，天默默、地沉沉、諸神無言也無答，但是，她無怨無悔、不懈不怠。

一直跪呀跪、求呀求的！半年後，兩顆原子彈在長崎與廣島爆炸了，聽說那位大軍佐切腹了！日軍投降了，準備從寶島大撤退。

大撤退前，阿惜姨也終於跪求到結果——一紙阿德在印尼叢林為日本國捐軀的「褒揚狀」。

白天，阿珠癱軟在床上，不吃不喝亦不動；夜裡，她哼唱「槍後軍眷講習所」教唱的日本歌——〈榮譽的軍伕〉。一聲聲、　句句，唱得淒楚又淒厲：

紅色彩帶，榮譽軍伕。多麼興奮，日本男兒。
獻予天皇，我的生命。為著國家，不會憐惜。
進攻敵陣，搖舉軍旗。搬進彈藥，戰友跟進。
寒天露宿，夜已深沉。夢中浮現，可愛孩兒。
如要凋謝，必作櫻花。我的丈夫，榮譽軍伕……

這首歌很好聽，也很流行，本來是原汁原味的臺語歌，小女人自艾自憐的傷春曲，傳唱於臺灣的大街與小巷，男人女人、老人小孩，很少不會的。不過，歌名與歌詞不是這樣，完全不是這樣。

它叫做——〈雨夜花〉。

阿惜姨又橫起心腸，一滴淚也不掉，靜靜地餵大小孫兒吃飯、替剛出生不到三個月的紅嬰仔洗澡。

終於，阿珠也醒轉過來了，伸出堅定的手掌，從阿惜姨手中，接過了三個幼兒的責任，但也打開了利嘴，宣洩了對婆婆的怨恨。

她恨天、恨地，恨相干與不相干的一切。但是，最恨、也最令她痛苦與不解的是：阿德要去當「榮譽軍伕」了，她也要變成受風受雨、無人疼惜的「雨夜花」了。為何阿德最後的眺望，不是凝視她和孩子？最後的呼喊，不是呼喚她和孩子？為了阿德、阿德的親骨血，她會付出，付出長漫漫、空洞洞的一生。可是，最後——就在那訣別的最後，他為何不呼叫她一聲？不託付她一句？一聲、一句，換她的一生，不該嘛？他怎麼可以？怎麼可以這樣沒心又沒肝！

阿惜姨還不到四十歲，四個兒女卻已死去了兩個，她照樣割筍、挖蕃薯、挑擔去大市集叫賣。只是，金鳳寮冷白的霜霧，很快地浸染了她的兩鬢。

往後的歲月裡，冷白的霜霧，變成了凌厲的冰雪，完全覆蓋在她的頭頂。一擔又一擔的農作、一趟又一趟的汗路，讓她完成了丈夫與長子去下來的任務。終於，她再幫兩個兒子討了持家的老婆，也幫阿珠拉拔大三個無父的孤兒。

全家被她捧在手心護著、窩在胸口疼著。但是，不管她如何努力，大大小小雖受她的惠，卻都不太領她的情。

或許，他們都恨透了命運，被徹底折騰之後，誰不想大罵一句「他媽的！」揮拳狠狠地回揍一頓。但是，命運太飄忽了，打不著、罵不到；命運又太恐怖了，得罪不起、承受不了。而他們的媽——孤獨又「罪狀歷歷」的老寡婦，太好欺負了：瞪不還眼、罵不回口，對骨肉又絕對不會秋後算帳。於是，刺她、傷她、羞辱她，就變成他們全家嘲弄命運、發洩怨怒、對抗苦日子的方式，而且久而久之，竟習慣成自然。

讓巢

但是，阿珠這次為了燒柴煮奉茶的事大發狂飆，徹底撕破了婆媳最後的臉面，蹂躪了阿惜姨最慘、最痛的傷口。阿德戰死已三十九年，身為阿母，她也已經撐了快五個八年，應該沒辜負兒子最後的那一跪及一喊了。

雖然，她甘心再當十個、一百個八年的出氣包，但眼前老了、衰了，應該是離開家園、讓出舊巢的時候了。

三天後，她在梅仔坑街上租了矮瓦房，默默地搬出金鳳寮。

大媳婦靜靜看著，不說任何話；另兩個兒子、媳婦雖然出言挽留，但彼此都心知肚明，那僅僅是作勢——杜絕村人悠悠之口的態勢而已。

孫子、孫媳們都出外工作，小小的曾孫，躺在阿德曾躺過的搖籃裡睡覺。那一只搖籃，很陳舊也很牢靠，是丈夫阿田去大尖山砍回竹子，一刀一刀剖削成篾片，再由她坐在門檻，就著天光，一縷縷、一片片編織而成的。

阿惜姨脫下手腕的一只銀鐲子，放在小枕頭旁：「嬰仔乖！嬰仔惜！阿祖要你、要你平平安安長大漢！」

她摩挲著小紅嬰圓圓嫩嫩的額頭，真想俯下身去親吻，但是，勉強克制住了——怕小嬰兒的阿嬤嫌髒。

帶走的記憶很多，隨身的衣物卻很少，兩大包袱巾就包紮好一切。跨出門檻後，還是忍不住回頭了——回頭對著祖宗神龕及丈夫、兒子的牌位再燒三炷清香。

坐在阿田生前常坐的藤椅上，她靜靜地凝望著、等待著。香熄了、煙滅了，拎起包袱，邁出門檻，再也不回頭。

當然，奉茶用的陶壺、茶杯也一併帶走了。

來接她的計程車，玻璃擦得透亮。山路顛顛晃晃、彎彎折折，樹上的葉子還是很青翠、路旁的野草也很旺綠。要離開了，她跪過、拜過、挑擔走過的金鳳寮，跟往常沒有任何不一樣。

鄰家的豬仔，肥肉肉的屁股一搖一擺，逛出豬圈散大步去。母雞伸出腳爪，一下下、一爪爪，抓扒著濕泥沙，尖嘴用力一啄，扯出一條軟溜溜的蚯蚓，「咯、咯、咯！」「咯、咯、咯！」抖起羽毛呼叫著，草叢裡、柳樹後，一隻隻小幼雛「啾！啾！啾！」探出頭、冒出身，「啾！啾！啾！啾！」圍了過來……

……全圍過來了——阿德、阿義、阿仁，連還在吃奶的阿梅也爬過來了。八隻小眼珠子都發亮……紅紅白白的小甜湯圓，被湯匙輕輕舀起來。不能一次舀太多顆哪！就只有這一碗，吃完了，可要等下一年的冬至了。

她一匙一匙餵，三張饞壞了的小嘴巴，一開一吸又一合，就含走了一嘴。阿梅太小了，怕噎著了，就餵她一點點甜湯……

丈夫阿田就站在身後，「呵呵呵！哈哈哈！」大聲大氣地笑……突然，他也圍過來，蹲下大個頭，擠在阿德身邊，張開不見底的黑窟窿，硬是搶走了一匙。大個頭一仰，滑動了喉結，嚥下去了……紅白小丸子滑下肚去。「呵呵呵！」笑出一臉捉狹……

車窗飛著山光、掠著樹影，倒映一幕幕往事。那些死去的，似乎都還在；消失的，也像會重來。沒有肺癆、沒有戰爭、也沒有大水……只有紅紅白白的小糯米湯圓，只有一匙匙接吃過去的潤紅小嘴，只有不見底的黑窟窿，呵呵笑的大嘴……

從後照鏡看去，阿惜姨的影子搖搖顛顛，但是，依然鬢髮整潔、一絲不亂，連司機都不敢確定，她到底流淚了沒有？

或許天公伯對阿惜姨還有些許仁慈，因為，梅仔坑街上，住著秋月。

但是，秋月也平息不了這場巨變，阿惜姨的心像被砸爛的玻璃，碎了一地，再也拼不起、黏不上了。

那時，阿惜姨才七十六歲，卻比現在還老、還沉默，一坐到門檻，就愣愣地發痴，順著她眼睛凝視的方向，可望向望風臺、雞胸嶺；再穿透過去，就是群山環繞的金鳳寮了。

秋月走動得更勤快了，早來、晚來，甚至中午、傍晚都來，一進門便纏著阿惜姨聊趣事、評人物、給醃筍、問煮菜……不同的藉口，隱藏著相同的擔心。

可是，阿惜姨還是像皮囊被刺破洞，慢慢消下去、癟下去……

那段煎熬的日子，憨直的天助看秋月，就像淒惶的秋月看阿惜姨。他完全站在骨牌效應之外，只覺得相伴多年的老妻，生命的勁道一點一滴在流失，就快流光了、耗盡了……

最後，焦急的他，竟找上阿惜姨求救：

「阿惜姨！秋月不知是中邪抑是煞到魍神仔？這幾日以來，從天光到暗暝都恍神恍神的！」正午的豔陽，把慌慌張張的他烤得滿臉通紅。

「是怎樣啦？」阿惜姨的眼睛，從望風臺、雞胸嶺的方向，悠悠轉過來、移回來，停留在天助的額頭，她不解那天生的飽滿與寬闊，現在怎麼會爬滿了憂愁？

「秋月最近在厝內，靜靜坐著，時常一坐就坐幾個時辰。細聲叫伊，伊沒聽見；大聲罵伊，伊也啞口不應嘴。」

一聽到秋月挨罵，阿惜姨倒是回神了：「天助呀！聽我老大人講：秋月自從出世做紅嬰仔，就一直歹命到嫁給你，替你拿香奉祀祖先，也替你陳家生兒傳孫。伊若有啥做差錯，你千萬勿要計較。」

「不會啦！我是心肝驚惶，嘴舌就急！才會喚得較粗聲，不是對伊歹聲歹氣啦！」天助急得冒汗，黝黑的大臉，又窘成豬肝色了。

「無就好！無就好！」一放下心，阿惜姨的眼神，又飄向遠方，恍恍緲緲的。

但是，天助的神經太大條，察覺不到：「秋月伊呀！最近吃飯像貓咪，只吞一小嘴；倒落眠床就像在煎魚，翻來覆去到天光。眉頭憂結結、目眶紅貢貢，不知在操煩啥？問伊，伊只知搖頭、吐大氣，一句話也不講！」

「喔！是不是身軀無爽快，你趕緊帶伊去看醫生！」阿惜姨急急叮囑。

「伊才不聽我的話咧！昨夜，我睏到半暝驚醒起來，看到伊坐在壁角，一條手巾哭到溼糊糊。伊講伊全心全力拚命扯，為啥拉不轉、扯不回？親生的、娶入門的，果然有比較重要，講一句就心痛、殺一刀就見骨；不是親生的，急死、煩惱死，也被放乎去，一點都不掛心、無心疼！」口呆舌鈍的天助，大費力氣所描述的傷痛，大概只有秋月的十分之一。

不過，恍神的阿惜姨似乎又有此回魂了：「伊金鳳寮的外家有出啥意外？若無，哪會這款樣？」

「無呀！攏總好好呀！秋月一邊哭、一邊碎碎唸，唸伊一生落地，就無人惜、無人愛，做牛、做馬、做嫺婢，養母還是打伊、苦毒伊。老來，也是顧人怨，一世人無老母將伊放置心肝內……阿惜姨！我的丈母已經往生真久了，哪有可能再從棺材爬出來疼惜伊？秋月到底是在怨嘆啥？我霧煞煞，一點都想不通呀！」

天助伸手搔抓頭髮，亂蓬蓬的一團灰白，理不出半點頭緒。

阿惜姨卻懂了，完完全全懂了。

昨天傍晚，她將奉茶用的陶壺、茶杯交給秋月：「我老了、累了，無力再煮了，真想要休睏！這是一件好事，換手拜託妳做！天公伯會保庇妳全家平安；天頂的阿梅，也會感恩妳的……」

秋月伸不出手來接，一張臉煞得雪白，眼皮抖呀抖，抖出兩大顆圓滾滾的淚珠來……

「無啥！免驚、免操煩！只是妳比較有耐心，會做得久久長長。有妳代替我煮奉茶，過路或挑擔的人，就勿會流汗嘴乾卻無茶湯可喝囉！真的！免操煩！」阿惜姨說得簡簡單單，不痛不傷。

秋月卻是又痛又傷，死也不肯接手——她不確定阿惜姨想幹甚麼，只確定自己挽留不住甚麼！她哽著喉嚨、紅著眼睛，一路哭回家去。

聽完天助夾七夾八的敘述，阿惜姨緩緩站了起來，腰桿和腿肚卻都挺得筆直——當年，揹著昏迷的小秋月，狂奔汗路去求醫的力道，又湧現了：

「天助！免操煩！你先行，我隨後就到。細漢囝仔唸的歌有一首：『紅面祖師公、白目眉。無人請，自己來……』今晚，我懶惰煮飯，叫秋月燉一隻麻油雞，我變做紅面祖師公去白吃白喝，好不好？」

「尚好！尚好！」這下子，天助歡天喜地了。揮揮手告別救星，大步邁出門檻。但是頓了一下，忍不住說明：

「阿惜姨呀！……是、是黑面祖師公啦！您弄不對去了。哎呀！我不是講您來白吃……慘囉！越講越差錯，橫直您一定要來哦！」

「喔！無要緊！紅面、黑面都嘛是祖師公，伊做大神就有大量，勿會去計較面色的啦！」

第二天清早，阿惜姨端出煮好的麥仔茶，小心翼翼地捧到巷子口去時，秋月也提著熱呼呼的豆漿走過來了。

——那豆漿呀！一喝，就喝了二十五年。

孫子、曾孫，一個接一個出生，天助卻撒手走了，這是秋月世界的巨變。種菜、餵雞鴨，抱貓狗說貼心話，這是阿惜姨世界的不變。但是，不管巨變或不變，她們都變了，變得更老了……

過橋

吃了飯糰、喝完豆漿，早晨的時光還很長，她們有一搭沒一搭的閒聊著。挨到中午，吃完秋月帶來的飯包，小寐一下，才興致勃勃出發去看歌仔戲。

溪底寮的三山國王廟說遠不很遠，說近也絕不近。為了省車錢，也為了追懷年輕歲月，兩個老人竟然走起了昔日的「汗路」。

流大汗、挑扁擔的記憶，正確指引著前進的方向。但是，荒煙蔓草、久無人行的崎嶇，早已不是她們的體力可輕鬆負荷的了。

阿惜姨老眼一瞥，瞧見秋月的額頭冒出騰騰熱氣，大大小小的汗粒，隨著顛顛頓頓的腳步，潰流成粗線與細絲，淌流到鬢腳、下巴去。阿惜姨立刻站定，開口說自己走不動，不坐下來不行了……

心平了、氣不喘了，秋月起身要再走，阿惜姨卻還說：

「古早人講：『急事、緩辦，遠路、慢行。』妳少我十六歲，要替我想，我這把老骨頭，一急就會散噴噴。多坐一時陣再行吧！」

彎仔澗深慌慌，溪水急切切，一座古舊的吊橋，高危危懸著，直通半空中。秋月心一凜，啊！不該走這條路，阿惜姨最不喜歡過橋的。正想找藉口回頭，一隻瘦硬的手掌「啪！」的一聲，就搭在她的手腕，五根手指握得緊緊又實實：

「免驚！阿惜姨牽妳行！目睭看頭前，不要看澗底；目一眨，就行過去了！」

千鈞的力道——她的話、她的眼神。

就這樣，一百零一歲的堅忍，呵護著八十五歲的老邁，牽手踏上了鐵線吊橋。橋身搖呀搖！晃呀晃！——搖起歲月的沉積、晃出不堪的回憶……

但是，秋月從沒懷疑，沒懷疑阿惜姨是不是好阿母。她堅信，即使是泥菩薩，阿惜姨也一定會拼著溶身化骨的危險，去救護下一代，不管是現在，或是從前——七十多年前的從前。

大水

歌仔戲演的，偏偏又剛好是《泥馬渡康王》。

那是秋月很熟很熟的戲碼：被金兵千刀萬里追的康王趙構，有天神的庇護，讓他百難不死；有泥巴做的戰馬，馱他渡過黃河；後來，還當上了南宋的開國皇帝——那個不敢作戰，只敢殺死岳飛的瘸腳皇帝。

可是，阿惜姨呢？那件慘事發生時，神在哪裡？泥馬在哪裡？老天爺又在哪裡？秋月的心臟揪絞得死緊，替阿惜姨疼痛起來。

戲臺上，跑龍套的小卒，一個緊跟著一個，高舉藍色的水旗，從後臺用小快步奔出來，畫上水紋的布幔滿場飛舞，抖動起象徵性的水陣……

小卒們縱跳翻滾，惡水橫流，漫天覆地，演得真是像呀！像到變真的。

——真的惡水，怎能不椎刺到阿惜姨？秋月急了，聲聲催促：

「黑白亂亂演！十幾支水旗，衝出來亂舞亂煽，就要觀眾當做黃河起大水？哪有這麼好騙的！走！咱們趕緊走！沒啥好看的囉！」

但是，來不及了！

舞臺上的惡水，沖毀阿惜姨的防波堤。記憶的洪水，一陣陣、一浪浪淹過來、湧過來，越推越高、越積越強，匯成了人海嘯……

……要怎樣渡呀？二十九歲的阿惜姨急得咬牙跺腳。

清水溪一點也不清，是一隻奔出山谷的十黃色暴龍。阿梅伏在她背上發燒，肩上還有一擔竹筍，眼前卻只有一座竹仔橋。

昨晚，天上的雨不是用下的，是整盆整缸倒落在梅仔坑的。濁水滾滾，幾乎淹上橋面。

那是座極簡陋的便橋：幾根長長的麻竹管湊一湊，黃藤皮當做繩索捆一捆，突出水面的石頭，便是天然的橋墩，從河岸的這一頭，一直橫搭過去，鋪架到另一頭，就成了清水溪上唯一的通道。

要怎樣渡呀？

雖然，挑擔走過千百遍了，但這麼大、這麼漲的溪水，還是第一次。賣掉這擔竹筍，才有錢看醫生！隔著衣衫，她整個背全是阿梅的高燒，怎能不渡呀！

但，誰來扶？誰來帶？誰來幫忙過橋？兩個多月前，她才埋葬了肺癆的丈夫。

「阿田！你在天頂，要保庇你的親生囡仔呀！」她仰天，心底呼喊著。

一早，大雨剛停，她用布揹巾將阿梅縛在後背。兒子阿德粗聲又粗氣：「要挑擔就勿要揹阿梅，要揹阿梅就勿要挑擔！山路滑溜溜，溪水一定漲起來……」

阿田走後，阿德從不正眼看她，也絕口不喊她阿母。但是，誰說他不關心？

阿惜姨全認了，也全部都忍了。喪夫喪父的傷痛，已夠折磨這一家人了，怎能再計較？

何況，自從阿田倒落病床，她奔走汗路，挑起一家的生計；阿德也張羅吃喝，扛起一家的雜事。三歲大的阿梅，更是由他把屎把尿，一手哄著餵著。認命又認分的他，哪像是十二歲的毛躁孩兒？

「兩個小弟，你要帶好。阿梅不看醫生不行，燒一直無退……」

戲臺上，水旗抖得更狂更烈。黃河的水，真的由天上噴出來、沖下來。大廣絃、三絃、噴吶、扣仔板、大小鑼、通鼓、大小鈸、雙鈴……吹出、敲出、搖出最高亢的音階，呼天嘯地，震撼起驚濤駭浪。

孤身逃命的康王跪身下地，叩頭向天，眼淚鼻涕滿臉，哭訴著父兄被俘，大宋危在旦夕，他可是皇家僅存的一絲血脈……

秋月更不想看了，她嚷起嗓門，湊在阿惜姨耳邊：

「野戲臺哪會比得贏電視臺？二十幾年前，天王小生楊麗花，早就演過康王囉！您看——戲臺上的男主角，王不像王、卒不像卒，去演山賊還比較合型。咱們走，勿要再看了！」

還是太慢了，秋月嘶啞的老音，追不上七十多年前挑擔揹女、奔去就醫的阿惜姨……

是滾滾奔騰的雨後溪！阿梅發燒著呢，不能過也要過！

阿惜姨深深吸一口氣，挺住心臟也穩住腳步，伸出手掌緊抓住擔頭，另一手彎過背後，拍撫著嚇醒的阿梅。

「免驚！免驚！阿母揹妳過溪，目睭看頭前，不要看溪水；目一眨，就行過去了！」

她一步一步踏上竹仔橋。

搖～搖～抖～抖～、危～危～顫～顫～，大水從陡峭的山壁沖刷下來、從黑深的地底湧冒上來，轟隆隆、急滾滾……

「殺！殺！殺！」「殺！殺！殺！」敵兵追過來了，怒馬勇將，一支支明晃晃的刀槍，追趕著獎賞千金的人頭。

向前沒道路、回頭沒退路，只有狂奔的黃河、狂掀的巨浪……

好吧！既然上蒼不仁，要滅我皇室、亡我趙家，那就把血肉之軀，獻祭給大宋山河吧！

悲憤的康王，奮身一撲，撲入滾滾洪流……

搖～搖～抖～抖～、危～危～顫～顫～，阿惜姨一步一驚魂：「阿田！要保庇！千萬要保庇咱們唯一的查某囡呀！」

腐鬆的藤索、朽舊的麻竹筒。她的草鞋一踩，有的塌凹了、有的嗶嗶剝剝響……

已是溪中央了，再怎麼心膽俱裂，也要安安穩穩行過去……呀！挑擔是對的，穩住兩籮筐，墜

沉沉的重量，是最妥當的平衡。

「阿梅！目睭不敢看，就出力閉著。免驚！有阿母在，阿母一定將妳平平安安揹過溪去。」

行過三分之二，就快上岸了，阿惜姨依舊一步一小心，背上的阿梅不哭亦不鬧，一定緊緊閉起小眼睛了。

被強波刮來捲去，載沉又載浮的，是撲入黃河的康王。沒錯！死在敵人的刀下，不如死在大宋的山河。他閉起眼睛，任憑狂水吞噬……

「阿惜姨！您是在想啥？為啥都不講話？面色青損損，是不是身軀無爽快？咱趕緊回轉去，勿要看了啦！」秋月用力拉扯阿惜姨的衣袖，像是跟苦難的歲月、突發的厄運拔河。但是，怎拔得贏？怎鬥得過？那苦難太綿長、那厄運太猛烈！

……竹仔橋早已年老，風吹日曬，加上水漲的浸泡，怎抵得住一大一小、外加兩籮筐竹筍的重量？

那一瞬，橋身的一節麻竹突然塌軟、折斷，往下爆裂；綑綁的藤索「噗！」的一聲，也鬆了、爆斷散開了。阿惜姨腳踩空，半個身子頓時陷落下去，滑入滾滾激流，上半身卡住了，連著阿梅、壓著重擔，側身倒落在竹仔橋上……

她抽不出大腿、她爬不起身子；筍擔壓著她、也壓著阿梅。「嗚……阿母！疼呦！疼呦！」三歲大的囡仔哭喊著驚慌與疼痛。

她沒回答，因為任何一秒都要爭、都要搶。搶不到、爭不回，就會永遠失去。

她死命彎低頭、移開肩膀，強挪開扁擔和籮筐，兩手向旁用盡全力一推，整擔竹筍「嘩啦！」一聲，跌入滾滾洪流、沖刮而去……

可是，兩腿被竹管死死咬住，尖匝匝的銳刺，直插進腿肉，激流狠狠拖沖著，紅血混著黃水，漫漾流去……

側身歪倒的身子，踩不著地，沒有使力的支撐點，怎麼努力爬都撐不起身子。竹橋向下彎陷，很可能斷成兩截，她與阿梅就夾在斷與不斷的中間。水浪一大，阿梅一頭一身都浸透，水勢一過，頭身冒出來，她一邊嗆咳、一邊哭喊：

「阿母……阿母……大水來了……阿母……大水又來了……」

……舞臺上，鑼鼓震天，水旗全場飛旋。黃河是怪獸，被怪獸噙在嘴中拋弄玩耍的，是奄奄一息的康王。

「阿惜姨！歹戲拖棚，好好的一齣戲，演得離離落落，咱們趕緊走！勿要看了……」沒有用的！秋月再怎麼出聲出力，也擋不住清水溪的悲劇。

惡水還是封住阿梅的口鼻……才一下下，她就逐漸不咳了，也不喊阿母了……

「阿梅……阿梅……阿田！趕緊來喔！趕緊來救伊呀！」

水浪又湧蕩來了，阿梅在發燒，不能泡著呀！……水浪又湧來了……湧來了……

「阿梅……阿梅……」

抽不出腿、脫不開身，竹刺像鐵釘，牢牢捶打在肉裡。轉過脖子一看，阿梅一頭一臉全是泥水，眼珠子緊閉，小臉憋黑，也不喘了。

戲臺上，康王捲滾在滔天濁浪中，蒼天既然不眷顧皇家唯一的血脈，他橫心等死……

千鈞一髮，泥馬出現了——山神廟前泥塑的馬身，竟然不溶不崩、倏忽如電。「達！達！達！達！」「達！達！達！達！」牠四蹄狂奔，一路踢起滾滾黃沙；牠奔泅入河，宛若游龍入海。

呀！牠馱起了昏迷的康王，敵人射箭如雨下，牠卻高昂昂仰起馬頭，聲聲長嘶，一逕渡過了黃河，也渡過了北宋的覆亡……

阿梅無聲無息……水那麼冷、浪那麼大，伊全身燒燙燙呢！怎能再泡水？

再向前一點就是河岸，河道有個轉彎，彎成像胳臂一樣，沿著河岸浮蕩著叢叢水草——就解開小棉被、布揹巾，放開阿梅吧！只有這樣，溪水和泥沙才不會堵塞伊的口鼻，大胳臂似的水彎應該可以擋緩水流，茂密的水草也一定可以絆住伊、留住伊。等阿母抽起腿，爬出竹仔橋，再奔衝入水，一定可以拉住伊、挽住伊，絕不讓伊被惡水沖走，更不讓伊淹死在阿母背上……

——但是，拉不住、挽不回了……

溪水滾滾、濁浪滔滔，阿惜姨沿著河岸又奔又跌，一路追趕，聲聲呼救，哀嚎聲崩天裂地……小小阿梅卻永遠上不了岸了。

上岸了！泥馬勇渡黃河，迎接昏迷康王的是小小的良家碧玉——未來的皇妃娘娘。一段旖旎的春光就快快樂樂登場了……

被聞聲救苦的鄉親攙扶進村子，迎接阿惜姨的卻是兩個日本警察。雙手被反綁，押解去派出所拷問的她，變成了殺害女嬰的惡母。幾日後，雖還給她清白與自由，但最不堪的指責與自責，也從此開始。

戲臺上，小生康王與小旦娘娘打起情、罵起俏；戲臺下，雞皮鶴髮的觀眾，感染到無邊春光，追憶起年少浪漫，也跟著嘻嘻笑鬧起來……

秋月卻一心只想走，不願跟苦難的往事搏鬥。她尖酸起嘴舌，對準戲臺，一陣胡劈亂砍：「人講歌仔戲：『小旦、小旦！行路，大腿若夾火炭。』要練到這款軟腰細步，才可以上臺搬演。所以，千金小姐的一步、伐、一使飛眼、一翹起蘭花指，就要溫溫柔柔又嬈嬈嬌嬌。戲臺上那個小旦，行路大搖大擺，好比吹風颱；嘴一咧開，就像潑婦在罵大街，黑張飛、三八媒婆也比伊秀氣。」

秋月平常很溫和，今天卻是狠心又毒舌。但是，阿惜姨還是沒對話、沒反應。畢竟，七十多年來的苦難太沉也太重，要抽離出來，談何容易！

真的不容易呀！水難才過，家中的苦難卻過不完！她還有三個孤兒要養，哪有時間喘息與療傷？

那傷痛常在半夜劇烈起來，痛到連陽光都透不進屋頂。但生活的重擔還是要挑的，每挑擔走一回汗路，清水溪的大水就暴漲一次、竹仔橋就折斷一回……

夜夜除非、除非有好夢——好夢、才能留她入睡……

那一場，真的是好夢……

悠悠蕩蕩、浮浮沉沉的夢裡，阿田牽著阿梅，從光影迷濛的遠方迎向她走來，父女倆一臉燦爛，笑得好開懷。

「阿母！阿母！」才幾日不見，阿梅好似長高一點了，燒一定是退了、完完全全退了。她的小手掙開了阿田的大手掌，蹦蹦跳跳，撲入阿母的胸懷：「阿母！我一直找無妳！阿母！我嘴乾，想要喝茶！」還是嫩出奶汁的童音，一點都沒變。

阿田也變回了生病前的勇壯，咧開嘴笑呵呵：「這段路遠又長呀！我牽伊抱伊，轉回來看妳。全身流重汗，也真想要喝一杯麥仔茶……」

阿惜姨緊緊摟抱阿梅、牢牢挽住阿田，淚水滔滔，流滿了一臉、一胸：

「好！好！我去煮……我去煮……」

「不是我『歹瓜多籽、歹人多言語』！這場歌仔戲『文不成小生、武不成鐵兵』，真正是黑白亂亂演。咱們趕緊走……」秋月還是聲聲催趕。

阿田牽著、抱著我的小小阿梅，走過千里遠、行過萬里遙……一起回家來看我，他們走累了、他們口渴了，麥仔茶怎能不煮？怎能不煮？

……還有阿德，留在南洋的阿德，有沒有茶喝？會不會口渴？海那麼深、水那麼大，伊一定在找回家的船、回家的路，家裡有結髮的妻、有親生的骨血……茶水一定要帶夠呀！我的兒、我的阿德！大海茫茫又渺渺，阿母煮麥仔茶給你帶著，滿滿帶著……

「咱倆人吃飽換餓，加起來將近兩百歲囉！還坐在戲棚下做大憨牛，看這款歹戲。偏偏歹戲還停不住鑼、煞不了鼓！咱好好的耳目，為啥要受人虐待？還不趕緊走閃開？愛看！您自己看就好，我一個人走，不要睬您了！明日一透早，也不要提豆奶去吃您的飯糰了！」

八十五歲的老孩子，撒起嬌、耍起賴，竟一點也不輸自己的曾孫女！

但是，當一聲聲的撒嬌、一波波的耍賴都無效時，老孩子就越來越野蠻，越來越氣急敗壞。秋月伸出手，同樣是乾瘦枯硬的手，用力推晃起阿惜姨的肩膀。十指箝住阿惜姨的手肘，強拉她起身。狠狠拽著阿惜姨的手掌，挾在自己腋下，拖著就要走……

一陣又一陣的攪亂與呼喚，阿惜姨終於幽幽回神了——從戲裡、從夢裡、從綿遠又慘烈的歲月裡……

緩緩遲遲地回神——七十多年前的大水，匯流到無邊的心海，沉落為洶湧的暗潮。岸上磐石纍纍，暫時圍斷了巨流的泛濫……

舞臺上，簫鼓合奏、琴瑟悠揚，宋朝的國難已平，文武百官即將朝拜新主，生旦也即將送入洞房。戲裡，好人永遠有好報，團圓是不變的結局。人生呢？真實的人生如何跟戲比？

阿惜姨從歡慶的舞臺收回視線，也從浩邈的時空拉回了自己。她定一定心思，側過頭，卻對視到秋月憂恐又倉皇的眼睛。她一陣驚悸，也一陣溫熱。這個鄰家的養女在擔心些甚麼，她怎麼會不知道？

「秋月！勿要一直催、一直趕啦！電視搬演的歌仔戲，隔得千山遙、萬水遠的，哪會有現場鑼鼓好聽、現場生旦好看？妳一向愛看野臺戲，搬演得好或壞，哪有啥要緊？俗語講『做戲戇，看戲憨』，無啥好計較的！那只是做戲，哪有啥要緊？」

阿惜姨的聲音平靜又悠緩，嘴角還浮現一抹淡淡的微笑。

那一笑，看不出滄桑與悲涼，卻讓秋月更驚慌，一顆歸心，更加似箭急了：「勿要拖遲啦！日頭若落山，我是不敢再行吊橋的。」

「妳喔！活到頭毛白蒼蒼，還是『尖尻川，坐不牢椅』！好啦！好啦！我也嘴乾了，咱們轉回去喝我煮的麥仔茶！」

阿惜姨又笑了，天寬地闊的笑了。

已經近黃昏了，白雲與紅霞燦爛成一片，歸鳥陣陣，在天邊飛旋。汗路上，她們腳步遲遲，卻是一步一腳印，踩印著從前、連結了現在……

「秋月呀！前幾日，我聽收音機，有一個醫生出來講，講啥查某人生嬰仔後，時常會得到一種病，叫啥『產後憂鬱症』的？嚴重的，一發作起來，不是憂鬱到自己不想要活，就是抓狂到使別人活不落去。我在猜——妳的養母阿粉、我的大媳婦阿珠，當初是不是都得到這種病？」

「喔！阿彌陀佛哦！有這款病呦？莫怪哦！莫怪我養母一直生嬰仔給我帶，不只是一年生一個，有時，年頭一個、年尾又生一個……伊一直打我、罵我、苦毒我，原來是得到這種病哦！」

秋月嘴裡叨叨唸著，心裡卻忍不住浮出小小的、帶點罪惡又雜些感傷的驚喜——煎熬八十多年了，不管是不是產後憂鬱症，能找到受虐的緣由，記憶的傷口就有消炎的藥方。

「嗯！這嘛！也不是無可能。」阿惜姨深深嘆息。

吊橋又到了，回程再走一遍，不只需要勇氣也需要先休息。她們在石階坐下來，讓心跳與呼吸都平順一些。

阿惜姨揉揉腿肚，眼睛望向群山峻嶺後面的金鳳寮：

「秋月呀！妳若轉回去山內的外家……」

沒錯！山內的金鳳寮，確實是秋月唯一的娘家。到現在，她手上還一直戴著養母給的「金戒指」；與弟妹們也維繫著深厚的感情；身分證上面，夫姓底下，還是頂著娘家的姓。

「妳若遇到、遇到住在對面的阿珠——我的大媳婦……」阿惜姨吞吐著強烈的企盼，聲音有些抖顫。

兒孫們她不常見到，那個大媳婦阿珠，更是好多年沒見……

今年，阿珠也應該八十三了。自己二十九歲就扛起家、守了寡。婆媳倆同命，阿珠卻更早、更年輕，才十九歲，阿德就只剩下一張「褒揚狀」！兩個女人六十四年來日夜思念的，是同一個男人呀！

「就拜託妳，妳去向阿珠講……妳講阿德……喔！千萬不要講是我叫妳去的……妳就講……」

「啥！講啥？到底要講啥？」

「妳去講！講彼當日，軍伕出征時，妳隨著一大群人，拚命追在大卡車後面……妳清清楚楚有聽見……聽見阿德……阿德大聲喚……我的後生阿德，伊大聲喚的是……」很少哭的阿惜姨，哽咽著喉嚨，淚滴竟然在眼眶中打轉。

「彼一日，我並無去追車呀！」一生老實的秋月，在心底說著真話。

但是，她沒拒絕阿惜姨的懇求，她答應著，也追問著：「喚啥？您要我講阿德大聲喚啥？」

「妳講，就講……講阿德、阿德大聲喚的是：『阿珠。』千真萬確是『阿珠』！」滿眶打轉的淚，一滴一滴跌落下來。

一整顆心全提起來、吊掛起來。

秋月點頭了，不說話了。

阿惜姨也不必再解釋，解釋：「阿母」和「阿珠」，口型完全一樣，所以，阿珠一定會相信……

夕陽眷戀著山頭，不急著下山。一片霞光斜暉，金紅燦爛，環環映照著梅仔坑。

休息夠了，元氣一恢復過來，還是要再向前的。

那座吊橋還是高晃晃，通向半空中。阿惜姨腳步很穩健，五指緊緊扣住秋月的手腕：

「阿梅！免驚！有阿母在，阿母牽妳行！目睭看頭前，勿要去看溪底……」

同樣是千鈞的力道——她的話、她的眼神。

只是，一心護持的她，竟然沒發現自己說錯話了。

是呀！再遠的路、再險的橋，還是要挺身走過去的……

夕陽不急著下山，滿天彩霞——

不急，路很長，一點都不急……

吊橋上，兩個身軀相互倚著、扶著，已不知是誰牽誰了……

阿滿的蘋果

菜市仔名

我的名字叫做何滿足，大家喊我阿滿。大人說那是一個很標準的「菜市仔名」。甚麼是「菜市仔名」？我很好奇，興趣也大得很。所以，非找個人問問不可——

大姊、二姊中學畢業沒多久，那個眉毛一抬、皺紋一擠，就可挾死好幾隻蒼蠅的阿旺嬸婆，便來牽紅線，早早打發嫁給姊夫去。飯桌上少掉兩個碗、四枝筷子，阿爸、阿母揪得死緊的眉頭，才稍稍放鬆一些。三姊到北部的成衣廠當女工，每個月送鈔票給阿母沾口水一張一張來回數的時候，我才看得到她。所以，我只能去問四姊。

四姊的黑眼珠瞪圓了，細細尖尖的指頭往我額角輕輕一戳：「鬼ㄚ頭！吵死人了！別人黑白亂亂講，妳就句句聽入耳？還問個沒完沒了！阿爸取的名字，絕對錯不了的，要有信心，聽到沒？」

我聽是聽到了，但是，照樣不高興兼沒信心。

因為，四姊轉過頭時，嘴角明明浮現一絲很奇怪、很特別的微笑。那種鬼鬼賊賊、想大笑又強憋住的模樣兒，我看得太多了——通常出現在第一次喊我名字的人臉上。

那麼大的梅仔坑鄉，四姊是唯一考上嘉義女中的。報紙登出名字的那天，鄉長送來了一大串火紅的鞭炮，就掛在門口的老梅樹下。天助叔公從嘴角拔下香菸，輕輕一觸，炮心就響滋滋往上竄燒，扭脖子、顫尾巴，又甩又跳的，轟轟砰砰爆裂開來，一身全都是快樂。

爆炸開的炮屑四處飛呀濺的，射得全村火火燙燙，冒騰騰的白煙，燻瞇了所有人的眼珠子。梅仔坑初中的校長、教務主任及老師們，穿著西裝，打著領帶，滴著一頭一臉的汗水，也拱起拳頭，對著阿爸大喊：

「恭喜！恭喜！您生的女兒了不起呀！」

阿爸一直在鄉公所當工友，高壯壯的個頭、黑森森的大臉，大臉和大身子都繃得緊緊的，不愛講話，又很少說笑。被一群人圍著、拱著，他更是彆扭起來，十根手指頭全錯了位，絞過來、扭過去，關節折得喀喀響；兩片耳朵脹成紫紅色，舌頭也打了好幾個大結：

「是……是……大家的栽培，也是天公伯的疼……疼惜！希……希望大家繼……繼續……看顧，讓歹……歹竹……發……發出好……好筍來！」

阿母則是笑得眼睛瞇、嘴巴闊的，但是，眉心卻仍皺著，還用指尖偷偷抹去眼角的水漬。

那水漬——會不會是炮煙燻出來的?

四姊一年到頭只穿嘉義女中的制服——白蒼蒼的國民領上衣、黑嚕嚕又膝下五公分長的阿婆裙,再剪個耳上一公分的清湯掛麵頭髮。那模樣呀!唉!說有多土就有多土!但是,梅仔坑的叔叔伯伯、姑姑阿姨們,還是都誇讚她皮膚白、眼睛亮,笑起來還有兩點淺淺的小酒渦,是天生的美人胚子。

他們對美人胚子一讚美就合不上嘴,「滋滋!嘖嘖!」「喔喔!哦哦!」的一大串,沒完又沒了。讓身為小妹的我,也打從心窩裡得意起來。

可是,他們卻又有相同的結論、一致的懷疑——「何家那個煞尾的查某囡仔阿滿,為啥生得跟伊的阿姊一點都不同款?」

很討厭咧!我承認跟美美的四姊長得不太像,但是,也不必當著我的面明講嘛!大人們和臭男生都是同一國的,最會取笑人了。

在學校裡,臭男生不喊我「何滿足」或「阿滿」,只叫我「躼腳蚊」或「黑肉雞」。不必追問也很清楚,是跟我又細又長的鳥仔腳、黑黑粗粗的皮膚有關。而針對那兩大特點,大家公認是阿爸的遺傳……

眼前，四姊不理會我對「菜市仔名」的好奇，也不管我一張臉畫滿了大大小小的問號，就只顧低著頭織她的圍巾。那條黑絨絨的毛怪物，很像我養的狗——小黃的長尾巴。

小黃是我在學校廁所旁撿到的小狗，高度剛好到我的膝蓋，全身烏漆麻黑的，像一塊蹦蹦跳、汪汪叫的燒焦木炭。阿爸、阿母罵我頭殼壞去，哥姊們也說我腦筋短路——哪有黑狗叫小黃的？

可是，我就是喜歡這名字，就是要喊牠小黃，才不管牠全身上下沒有一根黃毛，也不怕同學們笑我是外星人、大怪胎。

四姊瞞著阿母編織那條狗尾巴已經七八天了。很奇怪咧！天氣明明這麼熱，每個人頭上都在冒熱氣，鬢角也在淌汗滴，她幹嘛還跟那一大團毛絨絨的東西過不去？兩根細竹籤飛過來舞過去，又繞又編的，刺到手指吋，眉頭也不皺一下，還把毛怪物摀在胸口，瞇著眼、抿著嘴兒偷偷笑哩！

但我不用猜也知道，等她編好、織好，從頭到尾仔仔細細檢查好了以後，就會用透明的玻璃紙，把毛怪物包得漂漂亮亮的，再用粉紅色的緞帶，繫成一隻大蝴蝶停在紙盒上。

接著，她會塞一包「英倫心心口香糖」在我的口袋裡，眼睛不敢正眼瞧我，只紅了臉，輕聲細語地央求：

「阿滿乖、阿滿最聽阿姊的話了！口香糖送給妳吃，輕輕嚼、慢慢吃，只給妳呦！千萬別讓兩個土匪哥哥搶去哦！」

我再笨也知道，口香糖是用來當走路錢兼堵口費的。不過，看在軟軟甜甜、又可吹大泡泡的分上，我會鎖緊嘴巴，猴手猴腳地找機會，把毛怪物遞去給李家的俊逸哥哥。

其實機會並不難找。俊逸哥哥的阿爸在街尾開茂豐商號，是梅仔坑最大的店家，專門賣加工筍乾給「天殺的小日本鬼子」——梅仔坑的外省伯伯，都是這麼喊日本人。喊的時候，額頭不只會爆出一條條糾結的青筋，還會狠狠地咬牙根、兇霸霸地晃大拳頭。

除了上課的日子，我常蹲坐在茂豐商號的筍乾工廠內撕筍乾，幫媽媽賺明天的買菜錢，以及我下學期的學雜費。

我很納悶，那種用粗鹽巴和黃色素醃漬得鹹嘟嘟、酸溜溜、又面黃肌瘦的麻竹筍乾，有啥好的？「天殺的小日本鬼子」幹嘛那麼喜歡吃？就不害怕染黃了板牙、麻痺了舌頭？

小日本鬼子有沒有染黃板牙、痲痺舌頭？我並不確定。

我確定的只是——天殺的痲竹筍乾，染黃了我和阿母的指甲，又讓我們身上有一股永遠洗不掉的酸臭味。

我向阿母抗議過千百次，為啥我上面那兩個哥哥，週末及寒暑假，就可以滿山遍野去爬樹、抓鳥、打彈弓、玩尪仔標、彈玻璃珠……而我就必須拿起矮板凳、小尖鑽，隨著阿母去筍乾廠，粗呷笨氣地當哥哥哼著鼻子說的「廉價童工」？

阿母嘆口大氣，搖搖頭：「妳是查某囡仔，油痲菜籽命！要守本分，千萬勿要隨阿兄去學壞。」

油痲菜籽是啥東東？

「不揀不挑！隨便撒就黑门活，無市無價！一落地就發芽。」阿母說著說著，眉心又蹙了起來，眼窪裡也開始浮冒水氣。

喔！是那種綠綠黃黃的油菜花哟！荒田裡多得是，彎下腰就可採一大把，阿母用大火快炒，不怎麼難吃但也沒啥好滋味，它跟我是查某囡仔有啥關係？我是越聽越迷糊了。

我一回問，阿母又把眼窪的水氣逼進腦殼裡去了。她不打人、不罵人時，聲音是很好聽的，很像高山上的清水溪，叮叮咚咚響著豎鐵琴的聲音：

「妳兩個阿兄無乖！叫不動、掠不到，罵也無效、打也不驚疼……只好放去趴趴走。阿滿乖！受教又乖巧，看得出阿爸工作艱苦，所以知曉要湊腳手，幫阿母賺單薄幾分錢！而且，入去工廠內坐著剝筍乾，免吹風淋雨曝日頭，又可以聽大人們講笑話，也勿會無聊的……」

嘿！我就知道，琴聲是要催眠廉價童工的。只因為我叫得動、抓得到、罵有效、打會喊疼、一疼就變乖……所以，就讓十一歲的我，整天坐在一大群姆婆、大妗、阿嬸、姑姑、阿姨群中間，聽那些囉哩巴唆、一點也笑不出來的笑話？我多愛吹風淋雨！多想在日頭下跑跑跳跳！怎麼不放我出去趴趴走？

茂豐商號的筍乾廠內，一條陰森森的長甬道，地面和牆表，都釘上一塊塊厚登登的硬木板。大人說那是為了防止粗鹽粒侵蝕、黃色素滲透，才會把整座工廠箍成像洗澡用的大木桶。大木桶內，老老小小的女工們「排排坐」，卻沒有「吃果果」，只有垂著脖子，飛舞手中的小尖鑽，跟一片片臭黃筍乾決鬥。

我最討厭放假日了，太陽在山頂一露出金黃臉，我和阿母就被鎖進陰深的大木桶內，將一竹簍一竹簍的筍乾片，撕裂成麵線般的細絲。太陽滾落山坳去了，再將那些細筍絲，搬抬到大秤去秤重量。但是，不管怎麼秤、怎麼量，都換不到一張五十元的鈔票。

筍乾廠內的每一小時、每一分鐘，對我來說，都是昏沉沉的。姨婆、大妗、阿嬸、姑姑、阿姊們的大嘴巴，不時傾倒出一波波聲浪。聲浪有時爆烘烘、有時賊兮兮。從她們眼神飄過來、斜過去的方向，我大概可以猜出故事發生的地點是在梅東、梅北、開元后、九芎坑或遙遙遠遠的梨園寮、牛薩腳、石鼓坪……

但是，不管她們的眼神飄向哪一村、嘴巴殺向哪一人，都讓我覺得好沒趣、好無聊。無聊到連我的身體，也變成煮熟的麻竹筍，被粗鹽巴、黃色素醃漬在大木桶內，任由尖銳的小鐵鑽，把我穿過來、刺過去，撕裂成千絲萬線。

不過，去筍乾廠當童工，也不完全是無聊兼沒趣啦！只要見得到俊逸哥哥，大木桶就會變成小搖籃，輕輕晃晃搖起來，搖出柔柔的歌聲，引來爽爽的涼風，讓我一整天都高興起來。

俊逸哥哥是梅仔坑鄉唯一讀嘉義高中的。粗濃的眉，像毛筆沾墨汁畫上去的，溼溼亮亮的兩把劍，簡直像電影〈龍門客棧〉裡的俠客；幾粒不乖的小痘痘，偏偏愛在臉頰探頭探腦，那頑皮樣兒卻又打敗俠客味了。

他身子高，愛打籃球，也選進過棒球隊；大手、大腳與瘦瘦的臉，曬得都夠黑、夠亮，絕不輸給我家的小黃；不裝酷又愛笑，咧嘴吐出「哈！哈！哈！」時，貝殼般的白牙，太陽一照，就噴出、炫出刺眼的亮光，「鐺！」的一聲，像流星滑過夜空，讓我也想飛著、衝著，追到天邊去。

我心甘情願當小郵差，替小倆口傳紙條、遞信件、送包裹，已經好幾個月了，不光只為了愛嚼口香糖，能夠多望俊逸哥哥一眼、跟他多說幾句話，都會讓我開心一陣子。更何況，大人們越是禁止學生談戀愛，嘉中、嘉女就越常被湊成一對。

——如果有那麼一天，我撿到或偷來了仙女的魔棒，我會立刻為四姊變出玻璃鞋、老鼠馬、南瓜車來，而且，讓時鐘永遠壞在深夜的十一點五十九分……

但是，那麼好看的俊逸哥哥，卻有一個很討厭的妹妹——李香香。她和我同班，成績超好，常搶走我的第一名。唉！在同學家的筍乾工廠當童工，是件超級沒面子的事。

我和李香香成績有得拚，其他卻很難比——我是手腳無處藏的躼腳蚊、一身黑不溜丟的黑肉雞；身上穿的是四個姊姊代代相傳的舊衣服、腳上套的是兩個哥哥穿不下的爛布鞋；小腿肚上滿是蚊子叮咬的紅豆冰……而她——李香香，永遠紮著兩條黑亮辮子，辮子尾巴飛舞著一對小紅蝶；一身的白紗蓬蓬裙，手裡再抱個鬈金髮、翹睫毛、眼睛眨巴眨巴閃的洋娃娃……簡直像《王子》畫冊裡走出來的白雪公主。

既然打扮得像公主，下課時間，她就不可能跟女生蹲在走廊上玩擲沙包，也不會在草地裡跳橡皮筋、翻猴孫跟斗，更不可能在大操場和臭男生鬥紙牌、打躲避球及搶國寶了。

她唯一喜歡的，就是仰抬下巴、垂低眼皮，用兩個鼻孔看人。漫畫裡頭的白雪公主美麗、溫柔又善良，而李香香一點都不香，是我嘴裡、心裡都討厭的臭女孩。

四姊的毛怪物還沒編織好，我的口香糖就飄在搆不著的半空中。所以，先解決「菜市仔名」要緊。

熬得受不了了，我跑去問二哥。二哥笑咧咧，從鼻子哼出怪腔怪調：

「這個嘛！嘿嘿！往菜市場正中央一站，兩個手掌圈成小喇叭，大喊一聲：『阿——滿——』一定有七八個人回頭兼應聲的，那種就是『菜市仔名』。」

哼！甚麼跟甚麼嘛？這種鬼答案！我恨不得一腳把他踢到寒水潭或「死囝仔溪」去淹死。

不過，算了！好女不跟臭男鬥，饒了他吧！

瞪給他一個大白眼，我扭頭就跑，邊跑邊罵：「我是笨蛋、白痴，我是豬……誰不好問，偏偏去問他？問他，不如去問小黃。」

他只比我早鑽出阿母肚子一年多，國語課本憑甚麼要我「孔融讓梨」？家裡哪會有甚麼梨？水梨、粗梨、烏仔梨，一顆都沒有！就是有，我也不肯、不願、不會去讓！

哼！惹火了我，不只拿到口香糖時，不再分給他吃；以後他打輸架，我也不願出面去討公道了。

他的個頭比我矮小得多，住在隔壁的大姆婆常問阿母：「妳是怎樣飼囝仔的？為啥豬不大，大到狗？」

哈！我是狗、他是豬，看來我是贏定了！

阿母把眼睛笑成彎彎的月眉：「同款米飯在飼、同款青菜在養，小妹像綠竹子竄天頂，阿兄卻像白菜頭蹲土坑，我哪有法度呀？」

嘿！我是綠油油的高竹子，二哥是矮墩墩的笨蘿蔔！我笑得更大聲了……

每次月考後，我背著書包，抓住成績單的手高高舉起，使勁揮著、用力舞著，飛呀奔的，一路衝回家獻寶。

薄薄的成績單，記錄了我打架之外的輝煌戰果。阿爸低下眼皮，就那麼一瞥，一瞥而已！絕不看第二眼，而且只看名次，沒有國語、算術、社會、自然一科一科地瞧分數，也沒給我獎賞——耳朵聽的、手掌拿的都沒有。

不過，我已經很高興了，因為阿爸有對我點一下頭，眼睛也變得輕柔柔的。我一千個、一萬個確定，他心裡一定沒說：「豬不大，大到狗！」

本來嘛！大到狗有甚麼不好？

沒錯，我就是愛狗！所以才會硬著頭皮、忍著挨罵，強抱小黃回家來養。但是，小黃也是很爭氣的，家裡沒多出來的飯菜餵牠，牠自己卻很會想辦法。我常看牠從菜市場或餿水桶裡，拖出一整塊豬骨頭來啃，還把自己啃得黑亮亮、壯虎虎的。

說我是狗，我不只承認，更不否認我是隻鬥牛犬。也因為這樣，臭男生不只喊我「黑肉雞」，又叫我「黑鬥雞」、「相撲雞」。二哥在外面一打輸架，就摀著冒血的鼻子、烏青的額頭，邊逃命、邊回頭對強敵嗆聲：

「好膽別走！我這就去叫我妹妹來！你們死定了！」

他們真的死定了！

我不敢反抗阿母，因為她每天都睡不飽，眼皮重得像要頂牙籤才撐得開。但是，保護哥哥、反抗臭男生這種正義的事，我絕對是衝第一的。

因此，假日裡，蹲在筍乾廠、醃在大木桶的怨氣，就會隨著我的拳腳、牙齒、指甲，一起灌注到臭男生的皮肉去。

其實，我打架也不是有多厲害，只是個頭高、力氣也不小，堪稱「高強大漢」而已！但是，我戰必勝、打必贏的原因，跟身材高矮、氣力大小也沒多大關係，主要是我擁有兩大法寶：

第一寶：我是女生。

第二寶：我是成績很好的女生。

臭男生被我打得鼻歪嘴腫時，就會一邊逃命、一邊鬼叫鬼嚎：

「女男不平等！女男不平等！」

哼！我知道他們不服輸、不甘心，但絕對不是指那件事兒——

哪件事兒？

我偷偷說，大家知道了，可千萬別當大喇叭喔！

我同班同學劉美麗的姑姑和蔡素雲的姊姊，都在小學畢業後就不見了。兩三年後回來，土模土樣不見了，頭頂上捲燙起朵朵浪花，一身短花洋裝，踩踏高跟鞋，下了公車，響登登地走上梅仔坑大街。

那時，我們剛好放學排路隊回家。這下子，臉衝臉、鼻對鼻遇上了。很奇怪！劉美麗和蔡素雲，竟然都紅了眼眶，不敢開口喊她們，還低下頭去看柏油路，好像有五毛或一元可以撿似的。而那個超級討厭的李香香，偏偏選在這時候打開大嘴巴：

「我阿爸講，他在新竹的『茶店仔』，看到她們倆在陪客人划拳、喝酒。因為同是住梅仔坑的，我阿爸還特別多給她們一些錢……」

「茶店仔」不是只賣茶嗎？怎麼喝起酒來了？漂亮的女孩子，怎麼會去划拳？划拳要粗脖子、赤眼睛，又吼又叫的，比豬公還醜！李香香的阿爸一定是胡說八道……

這件事，我也問過四姊。她一聽，鼻子眼圈頓時紅了，哽著喉嚨，忍了很久很久，才低聲嘟囔：「她們可憐！都是為了家。這世界男女不平等、貧富不公平呀！」那兩個女孩，是她國小時的同班同學。

總之，臭男生們頭腦簡單，四肢又不發達，絕不會像四姊說的那麼九彎十八拐！臭男生大吼大嚷的「女男不平等」，就只是痛恨我是女生，打架占盡優勢而已！

占盡甚麼優勢？

就是「高強大漢」的我，所有臭男生打架的招數——拉胸襟、頂額頭、拐腳摔、握拳揍、抬腿踹、手肘撞，我樣樣都在行，而且一施展出來，比男生還快、狠、準。

至於指甲掐皮肉、牙齒咬胳膊、用力扯頭髮，甚至大放哀聲或啜泣告狀等小女生用的專利，我雖然瞧不起、不屑使，但萬不得已使出來，那也是天經地義的，誰敢說不可以？我本來就是女生嘛！

可憐的臭男生就算被我打到狗吃屎，也絕不敢抓我的頭髮、擰我的皮肉。因為，只要伸手一抓、張口一咬，那麼，「牛奶男」、「查某體」、「小妞妞」的嘲笑，就會黏滴滴地跟隨他長大。

更何況，品學兼優的女生若打輸了，哭了一鼻子去辦公室控訴，老師的藤條、竹鞭也會找臭男生的屁股狠狠算帳去！

九月一日開學了。

我被編到四年丙班。還好！幾個死黨沒被拆散；但又跟李香香同班，就坐在我前面。氣死人！

班級導師名叫張大隆。

他應該叫「張大頭」才對，因為一粒奇形怪狀的大頭殼，吊掛在他脖子上；額角高、眼珠突，再配上皺垮垮、往下癟的嘴角，活脫脫就像攀在廟柱上張牙舞爪的大龍。尤其兩道長眉毛，灰白色的，彎溜溜地向下垂。嘿！如果劃 根狗頭牌火柴，學天助叔公放鞭炮，往他眉尾偷偷觸一下……那他會不會鱗片響滋滋、全身冒焰火、嘴巴又噴雷電呢？

全身冒火焰、嘴巴噴雷電的大隻龍應該叫甚麼？

嗯！「火龍」！對！就是「火龍」！——老佝佝、兇暴暴的「大火龍」。

著了火的大龍，一定是豔焯煌、燙滾滾的，這麼一來，他應該姓「紅」（洪）才對，不該姓甚麼「髒」不張的呀！

前不久，阿茂嬸在筍乾廠內談論大火龍，說像他那樣的外省老芋頭，都是從很遠很遠的

「唐山」，被轟隆隆的大砲、西北雨般的子彈，一路追殺，追殺到走投無路，才搭上船搶渡黑水溝，逃到臺灣來的。上了海岸，又走了很長很苦的汗路，才到梅仔坑來落腳。老芋頭大都愛咂舌，操著彆扭的「外省腔」，不只「鞋子」與「孩子」分不清，「包子」和「報紙」也沒啥兩樣。

阿茂嬸越講越滑溜，老臉上面長長短短、粗粗細細的皺紋，全都糾結起來，打成一個很大的「憂」字：

「唉！像這款老芋頭的外省老師，怎會教咱的臺灣囝仔讀冊？會不會先生講得花哩花葛？學生好比鴨子聽雷——霧煞煞？」

哼！阿茂嬸也太小看我們了！

崎頂、中坑兩個大軍營，跟梅仔坑貼得緊、靠得近。眷村小孩和本島囝仔，既可以當死忠兼換帖的哥兒們，又可以是打得頭破血流的死對頭。本省掛和在地幫，不管是勾肩搭背去偷雞摸狗，或橫鼻子、豎眼睛，面對面幹起大架，哪有溝通不良過？

更何況，梅仔坑大街上的鄉公所、道班、麵攤、豆漿饅頭店裡，還有許多山東老爹、河北大伯、陝西小叔、福州阿哥的……把我們大大小小的耳朵，全都訓練得麻利無比。

尤其是敞著腿、扠著腰，對著大街小巷吆孫子、喝媳婦、罵老公的查大媽、祝奶奶、裘二婆、汪姥姥……更是用東北粗嗓或江南細調，把孩子們調教成一隻隻學舌的大鸚鵡或弄嘴的小九官，再怎麼樣喳哩喳呼的十話鄉音，也難不倒梅仔坑的語言神童。

然而，阿茂嬸的話還沒講完、心還沒憂完，水田姆婆就硬搶過話頭，尖起嗓子、比手又畫腳：

「那個張老師呀！做人真古意，遇到人總是笑咳咳，彎腰又點頭。伊來到咱們梅仔坑，半世人孤孤單單，無某無猴❶的，也真正是可憐！

俗語講：『紅柿若上市，羅漢腳目屎滴。』『娶到一個某勝過三個天公祖！』所以呀，有一時陣，伊一心一意打算，想要娶水噹噹的臺灣姑娘入門，生一群活跳跳的囝仔來傳後嗣。伊認真打拚去拜師學臺語。只是，再怎樣學，嘴舌不輪轉就是不輪轉，話一講出口就顛來倒去，離離落落又散噴噴，給人笑到腹肚疼。

伊認為『五十步笑一百步』，臺語叫做『龜笑「尾」無「鱉」』；咒人死父母、死後生的『考妣』、『考夭』，伊竟然當做是你幫我、我挺你，大家做夥來『靠背』、『靠腰』；用來罵人、

❶ 無某無猴：無妻無兒。

笑人的『菁仔欉』及『大面神』，他當做是褒獎人英俊、做事有辦法；要稱讚小姐生得美麗大方，伊竟然講『八珍』、『破格』、『嬲查某』……」

我的媽呀！用膝蓋隨便想一想，就清清楚楚的臺灣話，他年紀一大把了，竟然還會上死當，被耍得團團轉？這隻大火龍，真的是有夠獃、有夠笨！

而輸人不輸陣，最愛說八卦的阿桃姑婆，也端出她的私房新聞：

「十幾年前，張大隆老師要去雙溪村相親。住在街尾，專門凌遲外省人的闊嘴添，還六月芥菜——假有心，將一隻油桶嘴偎靠在張老師的耳邊，教了幾招哄姑娘歡喜的祕訣……結果，水噹噹的姑娘捧著紅盤子出來奉茶，張老師認真唸出他練習好的臺語：

小姐、小姐！圓仔花！鼻頭像苦瓜。

小姐、小姐！真正婧！頭毛若棕蓑。

小姐行路搖擺擺，天頂仙女摔落來！

當場把一個溫溫柔柔的美姑娘，氣得蹬腳跳蹄，哭入去房間。」

阿桃姑婆一邊說，一邊搖頭，一邊嘆大氣。筍乾廠內老老少少、大大小小，都笑到東倒西歪了。

到現在，那一陣又一陣「哈！哈！哈！——呵！呵！呵！——」的笑聲，還像大海浪，在我的耳朵內衝過來、撞過去，停都停不了。

全新的年級，半舊的同學、灰撲撲的老教室，五十個毛孩子興奮得亂哄哄。大火龍要壓住陣腳、嚴格管訓了。

他一個個點名。點到我時，灰灰的大龍眼抓著我，上上下下兜轉了好幾圈：「妳是鄉公所何工友最小的女兒嗎？」

「是！」我大聲喊。

四周飄來幾聲低低的笑。真奇怪，有啥好笑的？

大火龍竟然也「嘿！嘿！嘿！」笑了。

「妳的四個姊姊、兩個哥哥，我全都教過。前兩個姊姊年紀輕輕就出嫁，我有去喝歸寧酒。」

「歸寧酒」？那是啥東東？

我只知道「龜苓膏」而已——上學期李香香帶了一小杯來獻寶。她拇指、食指捻住一隻銀閃閃的小湯匙，挖了一匙，抖呀抖的黑凍子，被兩片薄嘴脣一吸，咕溜溜就消失了。她瞇起眼皮，呼吐一口大氣，盪起滿嘴的笑意：「嗯！真甜！真香！梅仔坑買都買不到，是我阿爸的新加坡朋友送來的。」

奇怪！我鼻子聞到的，明明是苦苦的中藥味；眼裡瞧見的，也只是烏漆麻黑的濃墨汁。但是，為何我還是跟劉美麗、蔡素雲一樣，下巴一伸、脖子一縮，嚥下了一大沱唾沫？

「何滿足！發甚麼呆？妳的三姊呢？好久沒看到她了，現在人在哪裡？」

大火龍變成好奇龍，一對龍眼睛彎折成兩個問號，問號的大頭殼空洞洞，正對著我的臉，非要我填滿不可。

「喔！報告大火……不！報告大老師，三姊在三重埔！」

「在三重埔幹甚麼？」

「在成衣廠當女工。」

空氣中又盪過來幾聲笑，賊兮兮的！——我分辨出來了，是李香香的。

這欠揍的臭女孩！我多希望她是男生！是男生，我就可以下戰帖，把她喚到廁所旁，壓在草地上，狠狠地海扁一頓。不過——她若是男生，會不會也長得跟俊逸哥哥一樣？

「妳三姊讀書也是很行的，可惜呀！可惜！」大火龍搖起大頭殼，像強風吹動燈籠，晃了兩三晃。

「你四姊哭著想去考高中聯考，也是我去向你阿爸、阿母求情的！」

哎！哎！講這麼多幹嘛？我是五號，後面還有四十五個小朋友，他到底還想不想點名呀？

「何家的女孩子一向會念書。我來翻翻妳的成績……嗯！第一、第二……好！好！不錯。接下來——劉美……對！妳姊姊們的名字都很好聽，妳為甚麼叫何滿足？」

拜託！你問我，我去問誰呀？

「哈！我猜——一定是女兒生太多了，好不容易生了兩個男孩後，不小心又生下妳。所以，把妳取名為滿足，希望從此就滿了、足了，不要繼續生了。老師猜得對不對？呵！呵！呵！」

可惡！笑啥笑？有啥好笑的？

是又怎樣？不是又怎樣？誰要你管！

死火龍！死白目鬼！等我再長大一點，號召幾個死黨，挑個黑巷底，麻布袋往你頭上一罩，大夥掄起拳頭就往死裡頭打，你就會變成一隻鼻青臉腫的大衰龍！

「一定是退也退不掉，別家也沒人要，跟她撿來的小黃一般樣！」

李香香又在前座饒舌了，雖然壓低嗓子，但我耳朵尖，一字一句都沒漏接。

「關妳屁事？妳不說話就會死掉？就會變啞巴？」

我握起拳頭，準備往她後背捶下去。

但算了吧！我從不欺負女生，尤其是不會武功、只會耍嘴皮的臭女生。

大火龍的耳朵很大，卻一點也不尖，聽不到我的咆哮。他繼續往下點名了：

「劉美麗！」

「有！」她舉起瘦伶伶的右手。

「妳是劉杉木先生的小女兒，沒錯吧？老奶奶的病好些了沒？還躺床上嗎？媽媽還是沒回家？」

劉美麗咬著嘴脣，鼻子憋吸著，對著大火龍先點頭、再搖頭，接著又點點頭、再搖搖頭……真是忙呀！我看得滿頭霧水。她的眼眶裡也全是霧水，隨著小小頭殼的上下點、左右搖，左右搖、上下點……就全部耍甩出來、湓出來了。

「妳爸爸的妹妹——妳姑姑，也是我教過的……」大火龍有點喃喃自語。

李香香突然舉手：「報告老師：放暑假前，我們放學排路隊回家時，遇過劉美麗的小姑姑，就在大街上……她……哎呀！何滿足，妳幹嘛？桌角撞人很痛耶！」

雞婆！愛現鬼！大火龍又沒問妳，幹嘛搶話？哼！痛死活該……

「閉嘴！不要鬧！不要像火雞咕嚕咕嚕直叫！接下來是：蔡素雲！」

蔡素雲也是瘦不啦嘰的，窄窄的臉，比我的手掌還小。她舉起胳臂，用力答一聲：「有！」站起來的高度跟坐著也差不了人么。

大火龍的灰龍眼上上下下打量她：「妳阿母是廟口賣檳榔的阿秋嫂對不對？妳阿爸走了很多年了吧？唉！當貨運細丁就怕翻車呀！妳下面還有好幾個弟妹吧？」

「報告老師：蔡素雲有一個姊姊，跟劉美麗的姑姑一起在新竹的……」李香香又搶話了。

「唉呦！唉呦呵——大火……人老師，我……我肚子痛，唉呦——痛死了！痛死人了！唉呦……」

我按著肚皮、彎低身子、俯下頭，臉頰歪貼在桌板上，憋住氣、牙一咬，使出全身暗勁，額頭真的就逼出點點汗珠。

大火龍嚇一大跳，從講臺上衝下來，扶起僵趴在桌上的我：

「何滿足怎麼了？怎麼了？剛剛不是好好的嗎？來！不怕！不怕！老師揹妳去保健室……」

我頭皮發一陣麻，舌頭打起大結：「哦！哦！不、不要！謝謝老師，我好……好一點，沒關係了！叫──叫同學陪我去就好！」

我的媽呦！殺了我、剮了我，我也不願趴到一隻大火龍的背上去！

「真的不要緊嗎？看妳一頭大汗。好吧！點完名的同學陪她去保健室。」

於是，蔡素雲、劉美麗一左一右撐住我，一步一拖，拖出了教室。

我回頭瞪了李香香一眼，惡毒的大白眼；又皺起鼻孔、吐出舌頭，扮一個超級醜的大鬼臉。

很可惜，就只有大家看見！

升上四年級的第一天，就是這麼不順不爽的，一點都不好玩！

小小鳥

一個月過去了。

大火龍說：時間過得很快，在作文簿上不可以直接講出來，要寫成「光陰似箭，歲月如梭」。

「梭」是啥東東？

大火龍解釋了半天，又是古早人、又是織布機、又在黑板畫了一枚奇奇怪怪的木頭……可是，他的眼睛很誠實，清清楚楚告訴我們——他從沒看過。

「請問老師？」

我好不容易戒掉脫口喊他「大火龍」。但是，全班小朋友，背地裡卻都撿去用了。

「能不能說時間過得很快，快得像小鳥飛過眼前，小黃跑……不！小狗跑過身邊！」

「亂來！胡說八道！」他老龍眼一瞪，兇巴巴！

但一瞪完，又不知哪根筋不對了：「這個嘛……嗯！……」

他抬起大龍頭，望了望窗外；伸出龍爪，搔了搔頭殼，把刺扎扎的灰頭鬃抓得更糟更亂：

「嘿！何滿足！有妳的，好！不錯！有創意！」

他眼一彎、嘴一咧，變成一隻笑笑龍，長溜溜的龍眉跳起舞來。老實說，還真的有點可愛。

「不過……小黃是？」笑笑龍又變成好奇龍了。

「是何滿足撿回家養的野狗啦！毛明明是黑的……」李香香又搶話了，我也用腳去踢她椅子。

「啥？黑狗叫小黃，黑毛小黃！哈哈！小孩子真是的……撿回來養的？好！愛護動物，很好！養多久了？」

大火龍好像對小黃很有興趣，但我不想理睬他。凡是跟名字有關的，都會惹我生氣。李香香再插嘴，我就猛出手扯她的辮子，疼死活該！

「好了！別鬧了！遲早將妳們兩個調開座位，死對頭！全體安靜……仔細聽好！老師要宣布一件大事：這個星期五，我們梅仔坑國民小學要舉行遠足活動。」

「哇！好耶！……」驚叫聲、歡呼聲、鼓掌聲立刻在教室內竄跑，任誰抓都抓不住！

「安——靜——！不准吵！

聽著：一二年級走到禪林寺，我們中年級走到華山國小，五六年級走到古坑國小。全校沒生病的小朋友都要參加。那天，要背書包，但是不放書本、簿子，只放水壺及午餐……隔天，星期六的半天課也不必上，全校補假！」

「好耶！萬歲！萬歲！」這下子，所有的叫聲、掌聲，更是擋不了、關不住了，一路衝出教室、闖向走廊、狂奔到操場去了……

遠足的前一晚，梅仔坑街上，大人牽小人，來來又往往。簳仔店、麵包鋪、肉粽攤、水果行的老闆，忙著秤重及數錢，大嘴笑咳咳，拉裂到耳垂去了。

我跟阿母鬧彆扭，賭氣不吃飯，蹲在牆角，肩膀一聳一顫的，抽抽搭搭哭個沒完。我不想再穿露出兩三個腳趾頭的爛布鞋，而且，指定要買真皮的黑鞋——像李香香穿的那種。

阿母火大了：「不吃飯！餓死也無人睬妳。死查某鬼咧！歪嘴雞想要啄好米！不識天有多高、地有多厚，有鞋可穿就應該要偷笑了，還嫌東又嫌西！露腳趾頭才通風，勿會得香港腳。新鞋會咬人，一嘴一嘴大力咬，咬得腫歪歪、起水泡，那就是天公伯在責罰不聽話的歹囡仔……」

阿母罵出一座大山來壓我，所下的最後結論是：

「遠足穿新鞋是憨大呆，腳疼到死也無人知！」

不買給我就算了，還講一堆理由，我也火大了，邊哭邊頂嘴：

「為啥我就要去李香香家當童工？為啥我就要穿阿兄的爛布鞋？我和孫悟空一樣，是石頭蹦出來的？和小黃同款，是從糞圾場撿回來的？」

哇！死定了！怎會冒出這種天打雷劈的話？我嚇一大跳！扭身就逃，恨不得踩起哪吒三太子的風火輪。

但是，太慢了、來不及了——「啪！」的一聲，阿母替天公伯、雷電爺劈下了大巴掌。

我腮幫子一陣痲燙，火辣辣直燒到耳根去。腳踉蹌了一大下，歪跌下地。用手摀住臉頰，灼熱與刺痛，一陣接一陣，像粗硬的鐵鍊，鎖著、銬著一大串老老小小的聲音，從我耳根底殺出來：

「……妳家的女兒生太多了……生了兩個男孩後……不小心……又生下妳……」

「……退也退不掉，別家也沒人要……」

「豬不大，大到狗！……豬不大，大到狗！」

「退不掉……沒人要……沒人要……退不掉……」

「哇！」我忍不住哭嚎起天大地大的委屈！一顆心又被小尖鑽穿過來、刺過去了。

「去！就去買給伊穿吧！」

阿爸從口袋裡掏出五十元來。

第二天，我高高興興穿上新鞋——塑膠的。真皮的要一百多，阿爸給的錢還不夠買一隻。這雙不到四十元，但形狀、顏色跟李香香的完全一樣，不趴下身細看，絕對分辨不出來。

每個班級排成兩大列，導師當領隊，走在最前頭。三四年級加起來共有十四班，拉成很長很長的隊伍，先走過梅仔坑大街，再彎到往番尾坑的汗路上。大火龍沒有禁止我們交談，所以，我們吐出來的話和吞進去的沙，可能一樣多。

秋老虎正在發威，太陽公公一路站在我們頭頂，曬出來的汗水，溼透了小黃帽，也淹浸了白上衣。所有小朋友的臉都是紅噗噗的，連劉美麗也真的美麗起來，不再那麼青損損、白蒼蒼了。

走呀走的！大火龍突然高興起來，扯開大喉嚨：「來！四年丙班的所有小朋友，大家來唱前幾天老師教的歌。預——備——一、二、三唱：

我是隻小小鳥，飛就飛、叫就叫，自由逍遙。
我不知有煩惱、我不知有籠牢，只是愛歡笑……」

我們搖頭、擺手兼踏步，一起合唱著，前後幾個班級也興沖沖扯開嗓門，跟我們比賽大聲。大火龍轉過身來，面對我們、倒退著走路。真厲害！他後腦勺長了眼睛？怎不怕跌成倒栽蔥？他搖晃起大龍頭，舉起一雙龍爪，右爪的前三根指頭，輕輕捏著，彷彿掐著一根指揮棒。指揮棒高、低、拉、頓、點，小精靈似的跳起舞來，一曲又一曲、一遍又一遍……他唱得最大聲、最起勁，也變成一隻飛就飛、叫就叫，自由逍遙的小小鳥了。

長舌怪

走了好遠又好久，華山國小一直在望不到的天邊。

太陽公公摘下慈眉善目，變成一隻大魔獸，毒辣辣、兇狠狠盤踞在天頂，血紅的大嘴巴，噴出一道又一道強猛的火焰，一心一意，只想把我們烤熟吃掉。

終於到了！

窄窄矮矮的老校門，高高掛起一幅紅火火的長布條，斗大的黑墨字跟我們一樣也排著隊：

「歡迎梅仔坑國小師生?臨指導」

才幾個字，卻有點擠，擠得歪歪突突的，大日頭當下，也淌著溼淋淋的黑色汗水。

那個「?」字很特別，筆劃一大堆，「艸」字頭、三點水，旁邊還有一個「位」，拆開來我都認得；組合起來，它就不認識我了。

不過，我對它也沒啥興趣。因為，阿母沒騙我，新鞋真的會咬人，它不甘心被我踩在腳下，一路狠狠地擰我的腳跟、掐我的腳掌，又一針針刺我、啃我的十隻腳趾頭，痛得我齜牙咧嘴、左顛右拐的。

我很少頂撞阿母——除非在非常非常必要的時候。所有的假期，也都乖乖醃漬在臭黃筍乾中，當李香香家的廉價童工，這麼久才使一下下性子，有啥大不了的？天公伯幹嘛那樣計較，還忍心用新鞋來懲罰我？

華山國小的校長，站在校門正中央，笑咧咧張開兩隻手，旁邊二三十個小朋友組合起來的樂隊，大鼓、小鼓、手風琴、口琴、長笛子、豎鐵琴、鑼、鈸……也大吹大擂，全力演出那火紅布條上的「歡迎」兩個字。

可是，我們只是小孩子，大火龍也沒說要來「指導」甚麼，等一下穿幫了怎麼辦？

那位校長也不在意我們指不指導的，只顧著和帶隊老師們握手。接著，我們就被帶隊到操場。滿是塵土的大操場，沒遮沒擋的，日光白花花，扎得眼睛快瞎掉。

校長跟大火龍一樣老。人老了，為甚麼就變成宇宙無敵超級大長舌？他一整個早上都坐在校長室納涼，現在卻用擴聲喇叭連發「國父說」、「蔣公說」的子彈，掃射操場上的小朋友。我們一個個都快倒地陣亡了，他還「砰！砰！砰！達！達！達！」，轟轟烈烈、沒完沒了！

奇怪！我們走一趟遠足，跟「殺朱拔毛」、「反共抗俄」、「解救大陸同胞」，真的那麼有關係嗎？

不過，那幾句話，我們太熟太熟了，早就張牙舞爪寫在鄉公所、警察局、戶政所、消防隊的大柱子上面，就連我們學校粉白的圍牆，也都被它們大剌剌霸占了。害我想畫一畫小貓小狗小人頭，描一描山山水水、花花草草，或偷寫幾句罵李香香的壞話，都找不到好位子。

我們滿頭大汗、口乾腳酸站了好久好久。可惡的黑膠鞋，咬得我的腳左抽疼、右刺痛的。偏偏司令臺上老怪物的舌頭，比我們走過來的汗路還要長。

實在不願再挨下去了——

我向左右死黨各使一個眼色，她們會意、點點頭，就這麼湊足了約定——這次，應該輪到黃秋月假裝暈倒，我和張美秀攙扶她去休息。

好！一切準備完畢，我們默數一——二——三——

就在黃秋月準備腿一軟、歪身倒地的一眨眼，擴聲喇叭傳來了長舌怪高亢亢、喘噓噓的口號：

「……讓我們把青天白日滿地紅的國旗，插在神洲的每一個角落。」

我們一聽，立刻踩煞車。

哈！不必暈倒了。因為，數也數不清的經驗告訴我們：臺上演講的人，已經用嘴巴殺光「萬惡共匪」，得到最後的勝利了。

本來排得整整齊齊的隊伍，立刻蠕動起來，頭、尾、中段全都扭顫顫的，像十多條捉不住的大蟲。七百多張被強封住的嘴巴，早已經關不緊、憋不住，不僅要嘰嘰喳喳說話，更想大口大口吃東西了。儘管書包裡的午餐，早就用香味搓揉我們的鼻孔、撩撥得肚子咕嚕咕嚕叫，但是，我們是梅仔坑有禮貌的小孩，還是意思意思地鼓鼓掌。

站在最前頭的大火龍就不一樣了，他好像很激動，拉高粗嗓門，對著司令臺爆出一聲聲雷吼：

「好！對！對！三民主義萬歲！反共復國萬歲！——萬歲！萬歲！萬萬歲！——」

唉！臺上是長舌怪，臺下是大火龍，只要他們高興就好！這時候，誰理他們呀？

終於被帶隊到樹蔭下休息了。大火龍宣布：

「四年丙班的小朋友注意聽著：現在是吃午餐及自由活動的時間。你們就坐在這三棵大樹下，不准亂跑，活動範圍以這片草地為限。一小時後，就要整好隊走回我們的學校去。人跑丟不見了，要用藤條抽打五下屁股。聽到沒？」

很奇怪咧！既然人跑丟了，他要怎麼打屁股呀？

但管它的！大火龍是遠古時代的生物，怪不得顛三倒四的，何必跟他計較？還是先填飽肚子要緊。

我急急捧出阿母買的肉粽，紮紮實實一大粒，還留有絲柔柔的溫熱。解開白色的棉繩、剝拆熟綠的裹瓣，吸入一大股竹葉的清香，再狠狠咬下糯米、花生豆、五花肉、紅油蔥混合起來的滿足——那可是過了端午節，我就只能站在廟前攤子邊，偷偷流口水的好味道。

四周圍的小手也紛紛從書包裡拿出菠蘿麵包、紅豆車輪餅、大饅頭夾蛋、豬肉包子……走過三個多鐘頭的嬉嬉鬧鬧，又被強迫聽了一大串的反共復國，再怎麼隨便的東西，也會變成山珍海味。更何況，遠足帶的午餐，誰家都不敢隨便。

我和蔡素雲她們交換著吃，妳咬我的粽子一口、我吃妳的紅豆餅一嘴，死黨就是一起死都不怕了，交換點口水又算得了甚麼。

劉美麗帶的是飯糰，裡頭包的是炒得鹹鹹香香的菜乾，一塊豬肉也沒有，我們卻搶著和她分吃。劉叔叔硬是厲害，一個大男人家，要工作、照顧老阿母及一群小毛頭，但做出來的東西，一點也不輸別家的媽媽，甚至還贏過小吃店賣的。

「嘔！噁心！髒髒！一群餓鬼，沒教養！」

李香香哼著鼻子、小聲罵。但是，花力氣去吵架，飯糰會被搶吃光，我才沒那麼笨呢！

她拿出一個漂漂亮亮的四方形飯盒，包飯盒的是一條黑色底、開滿一簇簇雪白兼粉紅花朵的手帕。她的「教養」就是翹起小指頭，輕柔柔、慢吞吞地解開兩個糾打的小活結，再用手心把花手帕熨平、攤在青草上：

「這條手巾是我們全家去東京、大阪玩時，多桑買給我的！上面印的是日本的國花：櫻花——殺苦啦。一團團、一團團開在大樹上，很香、很美！日本人就喜歡在樹下野餐。」

我瞄了那布塊一眼，哼！沒啥了不起！隔壁小七叔叔畫的梅花，比那個甚麼「殺苦啦」強上千萬倍！而且，阿爸就叫阿爸，幹嘛捏起嗓子，細鼻細氣地學日本鬼子喊「多桑」？噁心巴啦！

「喔！殺苦啦好美哦！日本一定很好玩，對不對？」

「妳坐飛機去的嗎？在天上飛嚇不嚇人？」

「有沒有穿上長長花花的袍子，梳起日本婆子頭，套起白襪、夾著木屐，再拿一把扇子或花紙傘照相呀？」

李香香也有一票死黨，一天到晚圍著她。妳一言、我一語，真的把她拱成日本的白雪公主了。

公主的飯盒是小巧巧、銀灰色的硬塑膠，上頭也長出幾朵「殺苦啦」來，不像我們平常拿的是鏘鏘噹噹、笨頭笨腦的大鋁盒。不過，我一點也不羨慕她，那種小氣巴啦的飯盒，怎吃得飽？又不是要餵貓！

「哇——嗚——」「喔——哦——」

一打開飯盒，她的死黨喊出一陣又一陣的嗚哩哇喵！果然很像貓——餓了七八天的貓。

我忍不住再將眼睛瞄過去……

喔！是壽司！很不一樣的壽司！黑的、金的、花的、黃的……圓的、三角的、菱形的……拼成了一盒燦燦爛爛、熱熱鬧鬧的春天。

她還是飛翹著小指頭，比出歌仔戲裡千金小姐的蘭花指。拇指和中指輕輕一捏，掂起一塊壽司，秀秀氣氣地放進嘴裡，混合著十幾雙眼睛的羨慕，嚼動起她所說的東京、大阪的酸甜，一口口、一嘴嘴……一嘴嘴、一口口……把春天吃得乾乾淨淨。

我才不正眼瞧她哩！嘴頰冒出來的酸口水，偷偷嚥下肚就好了，有啥大不了的？我又不是小黃，絕對不能露出直眼睛、搖尾巴、噗噗跳又汪汪叫的饞相……

那粒蘋果

吃完午餐，大火龍強調一定要帶的飯後水果就要登場了。為了這件事，昨晚阿母還生大氣：「用妳阿爸的血汗錢買鞋、買肉粽，做夢都要偷笑了，還猶想要吃啥飯後水果？」

唉！阿母呦！妳永遠不會知道，吃不吃水果並不重要；有沒有帶、拿不拿得出來，不讓李香香及她的死黨嘲笑，才是要人命的呦！

「就慢慢地等，等有人送水果來時才吃！」阿母下達她不通人情的命令。

我嘟起嘴，滿腹哀怨：「等人送才吃！那——那——那我們厝內誰要破病？人沒破病，就無人會送水果來的啦！」

我又挨了結結實實的一巴掌，打得我頭頂冒出金閃閃的星星。

最後，還是天助嬸婆送給我兩根香蕉，才止住我大把大把噴灑的眼淚和鼻涕。

一個早上的酷熱，十萬八千里似的遠足，早把我書包內的香蕉悶得爛糊糊，長出天助嬸婆臉上的老人瘢了。不過，我和蔡素雲、劉美麗還是嘻嘻哈哈分吃掉了。

李香香吃完她的壽司，繼續微翹著小指頭，用「殺苦啦」手巾包裹好飯盒，再放進書包裡。她那低著眉、垂著眼、含著微笑的姿態，以及輕輕悠悠的公主手勢！再過一萬年，我也學不來。

便當帶壽司，一整盒燦燦爛爛的春天！那——她會帶甚麼水果來？

水果！甚麼樣的飯後水果？

死黨——她的、我的，都猜著、看著……

喔！老天！

竟然是……是一粒……一粒——媽呀！是一粒大蘋果！

紅豔豔、圓敦敦、晶亮亮的東西，被她白細的手掌端著、舉著，從書包裡請出來了！

布袋戲雲州大儒俠——史豔文出場時，就是這麼轟轟烈烈！電視裡不只閃動金光強強滾，瑞氣千萬條的霹靂雷電，還有動天響地的大喇叭、銅鑼鈸……

我張開嘴巴，好久好久都忘了要合起來。

四周「哇——嗚——」「喔——哦——」的饞嘴貓，叫得更兇、更野了。

那粒蘋果發射出無比的能量，像山上寒水潭的漩渦，一圈又一圈、一浪又一浪，滾滾騰騰，橫掃千軍、席捲萬馬……所有的死黨——她的、我的，全都被淹沒了、吞噬了。

我的腳慢慢移過去、靠近去——是邪惡的巫婆在誘拐？或是白雪公主要分享？我們很迷惑，也很期待。

焰紅紅、熱火火的蘋果，被她的手掌端著、擎著。她的手一拉近，我們的眼睛就被推遠；她的手一推遠，我們的眼睛就被拉近，遠遠近近好幾趟來回、來來回回好幾次拔河。

沒錯！我是沒吃過蘋果！我怎麼可能吃過？

不只是我，阿爸、阿母、天助叔公、天助嬸婆、阿茂嬸、阿桃姑婆……也一定都沒有！大火龍上自然課時，指著課本的圖片說：「顏色較粉紅的富士蘋果，是從日本像斗笠的聖山摘下來的；暗紅色的五爪蘋果，是從美國國父華盛頓的州運過來的。」

喔！我就知道！蘋果都是出生在高貴的地方，價格才那麼高貴呀！

大火龍又說：「這個時代呀，不管任何東西，只要一渡過鹹海水，就鍍上了純黃金，變成天大地大的不得了，人也是一樣。喔！不！不一樣！只有當年強渡臺灣海峽的難民不一樣……」

奇怪！大火龍嘴巴在唸甚麼呀？為何整個人突然失了神？好像在玩一、二、三，木頭人的遊戲，眼睛、手勢、舌頭全部都定住了……過了好幾秒，才醒過來、動起來：

「現在整個社會的價值觀都錯亂了，國難當頭，只曉得要求孩子們認真讀書，將來當個『來！來！來！來臺大；去！去！去！去美國』的哈撈子好青年？」

更加奇怪了！大火龍幹嘛越講越生氣？不只老臉歪了、扭了，脖子還脹得紅粗粗的。

接下去，他果然又坐到講桌上面，舞動十根大龍爪，對著一張張小朋友的臉，大大談起了甚麼蟲羊、妹外、國齒、王國妹種❷……的丟臉行為。

---

❷ 蟲羊、妹外、國齒、王國妹種：是指崇洋、媚外、國恥、亡國滅種。

我耳朵越聽、腦袋瓜越迷糊，越迷糊、眼皮就更重，沉呀沉的！沉進黑黑甜甜的世界去了……

現在，眼前李香香的真蘋果，卻讓我的眼睛睜得又圓又亮。

我知道渡過鹹海水的它，一粒就要一百多元，比一缸子白米還要貴。阿爸當工友一個月賺不到兩千塊。我和阿母浸泡大木桶內，用小尖鑽剝撕臭筍乾兩天，也買不到一顆。

而那位去過日本的白雪公主，拿著美國國父州運來的蘋果，先學電視裡的金毛小孩，在衣袖上來來回回摩搓，紅亮亮的外皮，一陣陣「嘎咯！嘎咯！」叫著，叫出我兩頰酸溜溜的口水……

摩好了、搓夠了……蘋果被移過去，湊近她的鼻子。

喔！我猛猛吸了一大口……摒住、憋緊……不讓香味跑掉……

她張開嘴——我們也跟著張開……她正對著蘋果，也正對著一二十雙冒火的眼睛。

她細白的門牙箝住紅亮的果皮，一使勁，眉心皺緊了，眼皮向下垂，眼珠子半閉又半睜，鼻孔卻撐大了，跑出兩個小窟窿……

呀！咬下去、截下去了……喀！──吱！──陷入、截透進去！咬住白脆脆的果肉了。上顎的牙、下排的齒再通力合作，一撬又一拔，撬拔起一小塊紅皮白肉。紅皮白肉……被捲進嘴洞裡，兩片薄薄的脣立刻關住門、鎖住滋味。門邊的肉：上面的向下扣、下面的往上冒，左邊的往右歪、右邊的向左扭──真是忙呀！忙得亂七八糟。

死黨──她的、我的，牢牢盯住她的嘴，也跟著亂七八糟忙著嚼、忙著磨、忙著嚥……

可是，李香香的眉心卻和我阿母一樣，沒鬆開、沒舒展，沒有盪起一嘴的微笑，也沒有吐出長長的大氣說：「嗯！真甜！真香！是我爹地高高大大、鼻子尖勾勾的美國朋友送的。」

她半閉的眼睛還是無精打采，頭一搖，甩出一臉的懊惱：「一整籃那麼多，我隨便拿一粒，怎這麼倒楣，就選到難吃的？哼！偏不信！」

第二口，她咬下，重複所有的表情、動作與懊惱……

我們也一樣──除了懊惱。

但是，她也只比白雪公主多咬一口而已。

接下去，她竟然也中毒了！只是沒用好美好美的姿勢倒下、睡下，是用巫婆的聲音咒罵：

「不甜、不脆、粗渣渣、爛糊糊的，難吃死了，鬼才要吃它！」

巫婆猛地轉過身，正對著一個大鐵皮垃圾桶——燒柏油鋪馬路用的那種。在一聲聲驚叫中，咬了兩口的蘋果飛擲了出去……

紅皮白肉拖曳著流光，滑出、溜出一道彩虹，是天上億萬點小雨滴所反射的陽光，陽光拉成七彩燦爛的拱橋。

喔！脫開了！從她的手掌心……

「咻！」——射出來了！

「噹！」——栽落下去了！

彩虹的尾端，陷進鐵皮垃圾桶；美麗的七彩，跌進髒汙汙的黑洞。燦爛的拱橋裂了、斷了，從此，見不到天日、望不到白雲了。

不！不要！不要這樣！為甚麼要這樣？

我們一聲也沒喊出來。所有的人都愣住、定住，連流動的風也止住了。

太陽爬得更高、烤得更狠，毒烈烈的光網，一圈圈從天頂撒下來、蓋下來。我們汗水漫漫，流成大河了……

回家的路上，大家都不講話，大火龍也不來勁，帶不動合唱了。對我們來說，書包裡的東西吃光光，肩上減輕了重量，心裡、嘴裡也就少掉了力量。

我的腦袋瓜跟兩隻腳在拔河！

千百個理由在我胸口琢著、磨著；億萬個念頭在心中飛著、轉著。有條粗大麻繩緊緊綁我纏我——麻繩的那頭，是紅皮白肉香甜甜的引誘；麻繩的這頭，是縮頭畏尾的羞慚、不可告人的掙扎。戰鬥的雙方，都使出蠻力競賽著，有時那邊大贏、有時這邊全勝。

大贏與全勝，像大俠史豔文與萬惡藏鏡人拼鬥了千百回合，卻打不出最後的勝負……

歷經千般鬥爭、萬種掙扎後，我終於找到心不甘、情不願的停戰協定——第一，我先管住自己的腳，免得它半路脫隊。第二，一回到家，把兩隻可恨的塑膠鞋踢進門內，變成自由自在的赤腳大仙，就奔回去找大鐵桶，還給那粒漂洋過海、卻不見天日的紅蘋果一個公道。

打定主意後，回學校的路，黑膠鞋就比較不咬腳，汗路也沒那麼漫長了。

來到校門口，大火龍開始清點人數。

我們主動報數：四六、四七、四八、四九……沒了！四十九人。咦！怎麼搞的？少了一個？有人走丟了，哪個笨蛋沒跟回來？

大火龍的老臉「唰！」的一下，登時煞白了……急慌慌、罵咧咧就要衝回頭去找。這時，陳明祥舉手說話了：「報告老師：張茂樹半路肚子痛，蹲到草叢去屙大便。一會兒就會自己回來！我保證！」

「保證你的頭！可惡！懶牛屎尿多，非用藤條抽打他屁股五下不可！」

「張茂樹太急了，怕憋不住，要我向老師報告就好，那條路我們很熟，請老師放心。」

「為何不早說？受人之託，沒忠人之事，一樣該打！站出來！三下！」

哇咧！陳明祥怎麼那麼倒楣？現在說有甚麼不對？早點說有啥屁用！難道全班停下來等張茂樹屙屎？四十九人等他一人，他還拉得出來嗎？就算不憋死，也會被活活笑死！他以後要怎麼做人呀？

陳明祥不敢辯解，縮頭縮頸走出隊伍，眼睛不敢向上抬，是怕心底的氣憤暴衝出來嗎？他十隻手指用力搓揉著，把掌心摩得紅熱熱，藤條打下來就比較不疼些。這辦法一代傳一代，相當有效，只比摩塗薑塊差一點點。

還好！大火龍沒有隨身帶藤條，他說暫時記著，下次一起算總帳。

嘿！陳明祥逃過一劫了。就憑老龍頭丟三落四的記性，怎可能記到下星期一？

大火龍看起來是放心了，完全不管張茂樹蹲在哪裡屙屎；會不會被魍神仔牽走，把牛屎、羊糞、蚱蜢腿當三餐吃；會不會屙屎屙不出來，暈厥在草叢裡，被齜牙咧嘴的臭黃鼠狼啃掉一塊肉。

大火龍啥都不管，也啥都不擔心似的，老著喉嚨、大喊一聲：「全體小朋友——解散！」

我們也按照慣例，兩腳一跳、雙掌在頭頂用力合拍，大應一聲：「散！」

一年一次的遠足，就落幕了。

我暴衝回家，煞停在門口，書包往屋內一丟，再左腳右腳把兩隻咬人的鞋，踢進門檻。腳丫子和肩膀得到解放了，急慌慌就衝向梅仔坑大街，再奔往番尾坑的汗路。

我跟太陽公公賽跑，要趕在他下山休息前跑到華山國小。紅豔豔、香噴噴的蘋果呼喚我，要我把它從大鐵桶內解救出來。不怕！不髒！拿到水龍頭下沖一沖，還是一顆紅紅白白的仙果。雙手捧著、護著，一定是沉甸甸的重量、香噴噴的味道。李香香啃去了兩小口有啥要緊？它永遠是又圓又大、不損不傷的……張大口，喔！不！不能太大口，會太快吃完的，要輕輕地一小口、一小口……嗯！不！第一口還是要大口一點，鐵定會噴出甜甜的水滴，伴奏清脆的音樂——「靠屋！靠屋！」地演唱在我的嘴裡、肚子裡。

當赤腳大仙很痛快，跑起來很輕鬆，這時的我，才真的像飛就飛、叫就叫的小小鳥了。

跑進大街，眼角一瞥，正好瞧見小黃跟一群野狗在鬼混。牠的溼鼻子顫呀顫，對一隻小母狗又嗅又拱的，真丟臉！我大喝一聲，牠狗魂嚇掉一大半，「哼哼——嗯嗯——」搖頭又擺尾，靠了過來，一副討好又耍賴的緊張樣。

我暫時饒過牠，吹了聲口哨下達命令。牠卻釘死了四條腿，直挺挺看著我，眼睛充滿了抗拒。

大膽！竟敢藐視主人！我用力再吹第二聲。牠終於鬆下脖子，跟在我後面，但還是不情不願兼不死心，兩三步就回頭瞧，一副隨時要腳底抹油，追女朋友去的樣子。我氣得舉起手掌，作勢要狠狠揍牠。好狗不吃眼前虧，牠立刻兩耳一貼，趴下前腳，偏歪一張黑臉，眼皮抖呀抖地瞇細了，表示徹底向暴力投降了。

跟著我跑呀跑！牠忘掉了小母狗，顛著屁股、放開四蹄，開始狂奔，一副跟我賽跑的瞎樂勁兒。我追得喘吁吁，落後一大截。賊頭賊腦的牠，跑贏了，還會坐下來等我，甩甩尾巴、汪汪吠叫幾聲，算是同情、也是示威。我一跑近，牠又像箭一樣「咻！」射出去了。

哼！臭小黃！有啥了不起？硬蹄子不會咬你的腳，讓你長水泡；你早上也沒遠足。這條汗路我今天可是走第三回了，你神氣甚麼？

還沒跑完一半，就見不到小黃豎得半大高的黑尾巴了。

「哎呀！嚇死人！別撲！別咬！救人呀！我怕狗，別……別過來！快……快來救我呀！……」

汗路一個轉彎，有哀叫聲傳過來，一聲高過一聲，我沒聽錯，是臭男生的。

「是小黃啦！那個黑肉雞養的小黃，踢牠！踹牠！趕走牠！」另一個驚恐的尖叫。

咦！「黑肉雞」——那不是指我嗎？

我加速轉過彎路，一照面！喝！原來是張茂樹、陳明祥兩個摸壁鬼。小黃又撲、又跳、又吠叫，追得他倆踮起腳板、跳起腿肚，兜圈又繞彎、呼爹又喊娘。

來了瘋勁的小黃，簡直跟惡魔沒兩樣。牠一定覺得好好玩，逗弄膽小鬼，本來就是牠最拿手的把戲。

最後，牠的大黑口咬住張茂樹的褲管，左扯又右甩，拋甩出一線線飛濺的口水，扯下他半屁股的褲子……

「哎呦！滾開！別咬！放開我。去！去！……天呀！還咬！陳明祥救我！快救我，把牠抓開啦！……」

「別跑、別動！你跑牠追，我抓不到！……」

小黃玩得更兇更瘋了。張茂樹甩不掉牠，急得死去活來，一手拉提往下滑的褲頭，一手握起整把拳頭——拳頭裡好像還藏著一顆硬石頭，往小黃頭頂就是一陣猛砸。一下接一下！每一下都使出全身的狠勁……

「住手！找死！打小黃！打我的狗！竟敢打我的狗！」

我火冒七丈高，衝過去，一頭先撞倒一個，再兩手一扱，蹬出拐子腿，放倒另一個。

小黃是我的狗，再怎麼壞，也輪不到別人來教訓。

好小黃！果然懂得仗主人勢、報小狗仇，一撲身就蹦跳上去，撲壓在張茂樹心口，狗嘴正對著他脖子，嘴巴上的皮肉一陣陣皺捲，掀露出長利利的四顆尖牙；一雙血紅眼睛，狠狠抓瞅著，裡面滿滿是疼痛與錯愕；兩個鼻孔「哼——哼——叱——叱——」，噴射一肚腔怒火。

牠愛玩，怎會玩成這樣子？牠眼底本來就沒有壞蛋，見了人就偏頭貼耳靠過去，黑尾巴搖得快掉下來，尤其是對跟我一樣大的小孩。

我喝住小黃，雖然牠的尖牙絕對不敢真的咬下去！

但牠會那麼生氣，一定是被石頭砸得疼到骨子裡去了。可憐的小黃！我雖然常揍牠，但哪一次真正使過蠻力呀？何況牠一定是受傷了，頭毛淌著奇怪的汁液，滴！滴！搭！搭！淌下來，都快淹瞎狗眼了。

可是——那不像跟野狗打架後皮綻肉開的鮮血，是黏滴滴、稠呼呼、參雜著黃黃白白，又混夾紅渣的噁心東西。

那是啥東西呀？

我愣住了！天與地都在我眼前旋轉！

張茂樹蜷縮在地上，嚇癱了！

雖然嚇癱了，手掌裡還是緊緊捏著，捏著……捏著那粒蘋果——砸得稀巴爛的蘋果。

夕陽把我們的影子拉得短短長長、歪歪扭扭的。

小黃不記仇，撲撲跳跳，又想逗兩個臭男生玩。我只覺得好累！好累！回家的路變得好遠！好長！……

最大的願望

遠足後的週末，我還是跟往常一樣，被粗鹽巴、黃色素醃漬在工廠內，拿著小尖鑽撕著一簍又一簍的臭黃筍乾。

不過，還是有快樂的時候——我完成了小郵差的任務，把四姊織了一個多月的毛怪物，偷偷遞給了俊逸哥哥，而且兩邊賺：四姊那邊，我賺到了期待已久的英倫心心口香糖；俊逸哥哥這邊也送給我走路錢兼堵口費。

「聽說妳養了一隻黑狗叫小黃，所以，送給妳一個黑項圈。」

我跟他對望一下，「哈！哈！哈！」都大笑起來。因為，他長長的手指遞過來的「黑項圈」，明明是金燦燦、亮橙橙的黃色。

他個頭很高，我要仰著脖子才能好好瞧他。他說著稀哩呼嚕的瞎話，是在逗我玩？要讓我開心嗎？他兩道墨黑黑的濃眉，不沉不墜地向上揚，輕輕鬆鬆就開了兩朵花在眼睛裡面。流星又在他的牙齒間飛過來、盪過去，白閃閃的晶光，扎得我眼珠子睜不開也閉不上。流星左一聲「噹！」、右一聲「噹！」——像聖誕樹掛的小鈴鐺，旋著、跳著小精靈的舞步，一寸寸敲進我的耳膜來。

從此，小黃亮漆漆的黑毛，套上黃橙橙的「黑項圈」，好看極了！牠平常就愛趴在我身旁，腦袋瓜貼著我的紅豆冰小腿，有一下沒一下打著盹，睡足了還會仰著頭，一臉無辜地望著我。筍乾廠裡的婆、嬸、姨、姊都說牠越來越像我，無論是撒野或發呆的樣子。

又到了星期三下午，全校統一的作文課時間。一早，我們帶作文簿、毛筆、硯臺及墨條去學校。傍晚，放學回家時，路上走的小孩，白上衣及臉蛋很少是乾淨的。嚴重一點的，跟小花貓還可稱兄道弟。

大火龍又高興了——他只要不必教把兔子、雞關在同一籠子，再計算兩隻腳的有幾隻，四條腿的有幾隻；又不必在黑板上畫圓圈、量三角，搞他說不清楚、我們聽不明白的算術時，都會很高興的。

他舞動兩隻硬皺的大龍爪，把教室裡昏沉沉的空氣用力抓過來、使勁推回去，又是點頭、又是叉腰，卯盡臉部所有的表情，再加上手腳全部的動作，就是要說明——那是一場競賽公平、評審公正，全校選手都要奮不顧身的「作文運動大會」。

「小朋友們聽著：本週舉辦全校作文比賽。規則是：統一命題，各年級自行競賽，每班由導師挑選五份作品參加複賽。複賽由七位老師擔任評審，評出前十名進行總決賽，最後再決選出各年級最優秀的前三名。校長在週會時，會頒發獎狀、獎品。所有得獎的文章，還會貼在大禮堂前文化走廊的布告欄上表揚。」

喔！是全校作文比賽就對了，幹嘛說成作文運動大會？明顯是脫褲子放屁，多此一舉。

真正的運動大會呀，一年才舉辦一次。所有小朋友會從教室搬出椅子，圍坐在操場四周的大樹下。八點整，全校四十一個班級就排好隊、齊踏步、大聲唱歌走進操場。那首〈運動大會歌〉很好聽，輕快又活潑，唱著唱著，我們的心都蹦跳起來：

我們梅仔坑國民小學，舉行運動會。
今日天氣多麼好！我們來互相爭英豪。
同學！同學！自強不息！
我們齊努力，練身體、滅共匪。

太好了！隨便撒個練身體、滅共匪的大謊，就可以一整天不必讀書寫字，在操場上又跑又叫、又唱又跳的，這種真正的運動大會，要是能一個月就辦一次，該有多好？大人們就是不民主，從來不問我們最喜歡的是甚麼？

不過，作文運動大會也還算好啦！在中學教書的小七叔叔是非常非常有名的大畫家，他很疼小孩，常說故事給我聽，又教我畫梅花、寫書法。校門口對面開漫畫店的大胖伯公，也讓我每次只用五毛錢，就窩在角落，看完一套又一套的《西遊記》、《封神榜》、《四郎、真平大戰魔鬼黨》、《牛伯伯遊寶島》、《豬小妹上學記》……所以，寫作文——這種芝麻綠豆的事兒，我一點都不怕，三兩下就可以清潔溜溜。

每次放下小楷筆，全部搞定後，我最愛昂著頭，捧交出全班第一篇作品，對著大火龍九十度彎腰，喊一句：「謝謝老師！」再大搖大擺走出教室，擁有沒有人擋路的大操場、沒有人搶奪的秋千架。那時天寬地闊我最大，且一邊盪高秋千、一邊對牢籠內抓耳撓腮的同學們裝鬼臉，也是我最得意的事。

這次，大火龍說不用作文簿，要寫在他發下來的稿紙上。他迴轉過龍身，用白粉筆在黑板上寫下題目：

我最大的願望

張牙舞爪的六個大字，從黑板「咚！咚！咚！」跳下來，變成六個大漢，精赤著上身，腰圍著獸皮，肩後背著彎彎的弓、刺匝匝的箭，高舉尖銳的山刀，撐大鼻孔、瞪突眼珠，包圍在我的四周。

他們仰臉向天大呼，彎腰對地大吼，手掌搗拍著嘴巴：「呵嚕嚕！呵嚕嚕！呵嚕嚕！……」

勇士就要出戰強敵去了，十二隻腿，壯得像大象，一踩一蹬就揚起漫天的沙塵：「呵嚕嚕！呵嚕嚕！……」紅紅綠綠、藍藍紫紫的刺青，像毒蛇又像蜈蚣，爬滿一頭一臉。臂膀與胸膛鼓起一大塊一大塊肌肉，抖出、跳盪出擋不住的力量。

那股力量把大火龍的聲音壓下去了，壓成哼哼嗡嗡的蚊子叫：

「來！小朋友們聽老師解釋：這個題目很好寫，不用害怕。你們就寫出偉大、有用、將來能過好日子、又可造福人群的事業，當做你最大的願望就對了。

例如：男生就寫要當飛將軍、當法官、當律師以及當總統等等。記住喔！是當『總統』，不是當『蔣總統』，雖然蔣公他老人家真的已經當很久很久的總統了。但——還是不能亂寫，一搞錯就危險了，警察會抓人蹲黑牢的。女生可以寫要當老師、當祕書、當空中小姐……」

大火龍哼哼嗡嗡的蚊子聲，擋不了勇士們的狂呼狂號……六位大漢約我打戰去。不怕！我和他們一樣勇敢，畫上了一頭一臉的油彩，我舉起拳頭，怒衝過去……番尾坑汗路，兩個摸壁鬼……先撞倒一個，兩手一扳……蹬出拐子腿……狠摔落地……小黃是我的狗，輪不到別人教訓……

但這不是重點，勇士們常跳這種舞，就像我常打那種架，不稀罕！沒趣味！跟我的願望怎會有關係？

我的小小願望，跟陳明祥、張茂樹的一樣，只想撿起那粒蘋果——那粒被李香香丟進垃圾桶的蘋果，只要拿到水龍頭下沖一沖，就可啃咬一整個地球的甘甜和香脆……

至於最大的願望嘛……

我最大的願望，怎麼會是當甚麼法官、律師、蔣總統，那是啥東東？專門哄騙小孩的碗糕而已！我也沒坐過飛機，哪裡知道空中小姐在幹啥？那些「偉大」、「有用」、「過好日子」、「造福人群」的事業……是掛在天邊，奇奇怪怪、空空蕩蕩的影子，既進不了我的腦袋，也跑不出我的筆尖。有好處的謊我才會撒，而且撒謊就跟我寫作文一樣，是不必打草稿的。那種會穿幫、既沒好處又沒搞頭的謊，我才不會笨到編來被同學們當笑話！

所以，我最大的願望……嗯！最大的願望，就是……管它的！我不想撒謊，我真的、真的好想要、好想吃……不管了……小七叔叔說：寫作文就是要寫出心中最真切的東西。我最真、最大的願望就是……管它的！我不怕人笑、我不要「偉大」、「有用」，我更不要當「總統」或「蔣總統」。

我只要……只要——我一個人——單獨——吃——吃一粒蘋果，一整粒蘋果……

我不用鉛筆打草稿，我磨好墨、拿起小楷就開始寫了。一頁頁的毛邊稿紙裡，我是飛就飛、叫就叫，自由逍遙的小小鳥……

我不必踢掉黑膠鞋，用長水泡的腳跑汗路；我不必噏著口水偷瞄李香香；那粒蘋果也不會被耍詐的張茂樹、陳明祥撿去。小黃只是逗他們玩，他倆何必那樣粗暴？又踢又踹的……一下接一下，猛砸又猛捶……狗頭黑毛上，黃黃白白又混雜紅渣的水，滴！滴！滴！搭！搭！搭！淌下來、流下來，都快淹瞎牠的狗眼了……

多可惜！才咬兩口……那樣好的一粒蘋果，管它是哈腰鞠躬的日本鬼子給的？藍眼珠、鸚哥鼻的美國佬送的？管它是日木斗笠山長出來的？美國國父州運過來的？……

我趴在桌上急慌慌地寫，用慣吞吞的小楷，追趕著肉粽、飯糰、小小鳥、殺苦啦、黑小黃、咬兩口的蘋果、假裝屙大便的張茂樹、串通騙人的陳明祥、砸得稀巴爛的噁心東西……「所以，我最大的願望就是『一個人、單獨、吃、一粒蘋果』。能這樣！我何滿足就真正滿足了！」

寫下最後一句，畫上句號，我仰起頭，抒吐出憋了好久又好長的一口大氣。

上前交出作文時，夕陽已斜斜照在秋千架，教室裡就只剩下我和大火龍而已！

抓耙仔

寫完了，完了——就好了，也忘了。

上課時我照樣跟李香香鬥嘴，放學後照樣玩搶國寶，跟臭男生打架，再一起去偷折甘蔗、焢土窯。日子沒甚麼不一樣，連星期六、日醃漬在筍乾廠聽無聊的笑話，也完全一樣。

然而，那一天——就不太一樣了。

大火龍走進教室，一張老臉像萬花筒，轉來轉去，變換不一樣的表情：高興、氣憤、得意、難過……奇奇怪怪，甚麼都有。

他往講臺一站，稀哩呼嚕開始訓話，講了好多小孩子要誠實的大道理，又舉了砍櫻桃樹的美國國父、看小魚逆游的蔣公來做證明。

哼！大人都嘛講一套、做一套——昨天，我承認教室的玻璃是我用躲避球砸破的。大火龍二話不說，舉起藤條就狠狠抽我十下手心，還罰站兩節課。我又不是故意的，他不懂要寬恕誠實的小孩嗎？為甚麼不向「美國的國祖」——華盛頓的阿爸好好學習？

我看見「魚兒魚兒水中游，游來游去樂悠悠」時，管牠是大尾或小條，順游、逆游或翻白肚游，一定想盡辦法撈回家去，讓阿母煎得黃酥酥、炸得脆香香來吃。

所以，我註定當不了「偉大的領袖」及「世界的偉人」。還有，大火龍幹嘛老是舉蔣公當例子呀？小魚逆游向上的故事，是要寫在「立大志、成大事」或「有志者事竟成」的作文上，才可多加分數的，跟誠不誠實有啥關係？老師不是一天到晚強調「文不對題」是「要了血命」的大錯嗎？

他嘰嘰咕咕、嘎嘎啦啦講了好久！好久！至少超過一百年那麼久……

這幾天，秋老虎跑掉了，涼風從竹仔林、相思樹叢那邊吹過來，一縷縷、一股股，像好幾雙柔柔軟軟的手指，揉捏我的髻角、捶敲我的肩背，搞得我全身鬆酥酥、軟趴趴的。眼皮慢慢低下來、垂下去，比抬筍簍子還沉重，要睜開它、張大它，天大的不容易……

但不睜大一點、張開一點，大火龍會罵人……脖子不能垂、腦袋不能點、身體不可左搖右晃……若像病雞啄米那樣垂下去、點下去，大火龍的藤條，鐵定也會鞭下來、抽下來……

「啪！啪！啪！啪！啪！……」迷迷糊糊中，有人的屁股在挨打。藤條、卡其褲、屁股肉三合一的聲音，好像響在遠遠的番尾坑汗路，又好像打在近近的講臺旁……

我努力要掙脫周公爺爺的摟抱，但他的皺紋好深、白鬍子好長，他的手掌好大、臂膀好強……我又踹又滾的，好不容易才掙脫開來，但一隻胳膊還是被他鉗住、銬住……

我扯、我拉、我抽不回自己、我甩不開他……我又輸了……拔河輸了，連人帶繩被周爺爺綁起來、牽著走了……

……黃秋月！不要拉我，妳怎鬥得贏那個白鬍子老太爺……張美秀！妳擰我的大腿也沒用。那風！那篩過竹節、盪過樹葉的風，好綠！好涼！好輕柔！……

「噗！噗！噗！噗！噗！……」換另一個屁股在挨打，是誰？我聽到了，也判斷出他褲子裡夾藏一本簿子，這樣子就少疼多了。他是誰？誰這麼奸詐？就不怕對不起前面挨打的那位？

我努力撐開眼皮很想知道，卻又垂下眼皮懶得知道……笑呵呵的周公太爺不是綁著我、牽著我，是把我扛在肩上，抬走了……

「何滿足！」

誰？是誰？誰在叫我？

白鬍子周公被我一把推倒，跌到地上唉唉叫了！

換我？換我要挨打？

我震跳起來，碰翻了鉛筆盒，嘩啦啦倒出滿教室滾動的玻璃珠——那是昨天放學時，我痛宰大寶、二寶兄弟倆，贏來的戰利品。

慘了！罪加一等！

一切來得太急太快，我來不及拿抽屜裡偷藏的薑塊，用力在手心摩塗出麻辣辣、熱呼呼的薑汁，所以，藤條打下來鐵定會很疼！

大火龍很壞，打學生不像我打小黃，絕對使出他吃老奶的氣力。他唯一善良的，就是男生打屁股、女生打手心——這點是我們女生最喜歡的「女男不平等」。

「何滿足！站出來！」大火龍又在噴火了。

我心頭怦怦跳，一步一拖腳，緩溜溜地移向講臺。垂下脖子，慢吞吞伸出雙手，一根一根攤開手指、現出掌心——犯了天條大罪，就是這種下場，我太熟悉了。

大火龍瞪大眼珠，一向灰昏的大龍眼，竟閃射著亮彩，但是，裡面還是畫了兩個大頭殼的問號：

「何滿足！妳手伸出來幹嘛？」

咦！你不是要打我嗎？

打瞌睡、玩彈珠、爬樹、偷芭樂、罵李香香、打群架、砸破玻璃，哪一樣你不能算帳呀？打就打！幹嘛還問東問西？

「來！妳、何滿足！站上講臺來！」

我就知道！絕對不會饒過我。所有老師裡面，你是唯一不疼好成績女生的。從開學到現在，還不到兩個月，我已經挨過很多回藤條了。再來，冬天就快到了，天冷時，藤條打手心就像刀子在剁肉，你的龍爪要不要也伸出來試試？

「妳昏頭了？把手放下來！」

喔！不打手心，那就是要打屁股了？

我牙根咬緊，慢慢迴轉過身子，準備撅起屁股挨藤條——

大火龍常恐嚇我們：「耍流氓的小孩，不管男生、女生，一定要秋後算帳！」

現在是秋天，他果然要算總帳了。我打架不輸臭男生，所以，就——就、就要把我當男生打了！可是，我穿裙子耶！藤條抽打屁股並不可怕，會勾捲起裙子才可怕！裙尾一捲起來、向上掀，內褲會被臭男生看光光，我不如去死！

怎麼辦？我還沒想好要怎麼辦？

對！我可以衝出去，拔腿跑出去！他是老火龍了，鐵定追不上。嗯！好！就這麼辦……

「來！何滿足立正站好，面對所有的小朋友！」

謝天謝地！不打屁股了。打斷手心，我眼睛都不眨巴一下。回座位時哭一哭，擦擦淚、擤擤鼻涕就好了，沒啥大不了的！

「來！四年丙班所有的小朋友，大家給何滿足熱烈的掌聲！」

為甚麼？哪有這樣子羞辱人的？我又不是漫畫裡殺人放火的強盜，砍頭之前要遊街示眾！

「來！再給何滿足第二次最熱烈的掌聲！因為她做了兩件非常了不起的好事！」

我做的「好事」哪裡只有兩件？

不怕！我豁出去了，會喊的，一定會喊的，那句「十八年後又是一條好漢」的口號，我會抬頭挺胸，喊得又響又亮。

「來！大家聽著。何滿足第一件了不起的好事就是：得到作文比賽全四年級第一名。評審委員甚至裁定：她不只是全四年級第一，還贏過五、六年級，是全校第一名。」

啪！啪！啪！啪！啪！啪……啪！啪！啪！啪！啪！……同學們很大方，這是第三次掌聲了。

我卻愣住了！真的或假的？大人不可以欺騙小孩的哦！

「第二件了不起的好事就是：何滿足很誠實。誠實地寫出兩個小朋友遠足時利用屙大便當藉口，欺騙了老師和同學的行為。讓老師可以立刻處罰、糾正他們，以免他們日後犯了更大的過錯……」

同學們不拍手了，四十九雙眼睛都噴著怒火，燒向臺上不仁不義的女強盜；陳明祥、張茂樹含著淚光的眼睛，更射出四把短劍，對著通風報信的「抓耙仔」飛過來，狠狠地刺、深深地扎，扎刺得我全身上下，滿是大大小小透光的窟窿。

死了！死了！真的要去死了！我「哇！」一聲大哭出來！

死火龍！死白目鬼！活該你娶不到師母，活該你被筍乾廠的老老小小取笑。你閉嘴！你混蛋！你該陪我去死！你還說、還說！

「何滿足，別太激動！不要喜極而泣。妳很了不起，下學期選模範兒童時，我們班就推舉妳出來競選，一定打遍全校無敵手。」

「哇！」我摀臉、我跺腳，不活了！真的活不下去了！

衝出教室，奔奔跌跌哭向大操場，怎麼會這樣？怎麼會這樣？包青天能不能替我伸冤呀？這絕對是天大地大的冤枉哪！

我亂衝亂喊、大哭又大嚎……沒錯！我是一天到晚打架的壞小孩，但我不是無情無義、專門打小報告的害人精——「抓耙仔」。

我對死黨講信用，有樂同享、有苦同當：中午，我們共吃便當的飯菜；傍晚，溜去廟裡偷玄天帝爺公的餅乾分著吃。被抓時，還學做革命烈士，抬頭挺胸挨廟公的毒罵，死也不會供出同黨。陳明祥、張茂樹雖然跟我不同國，但我可沒要害他們挨打呀！

校園那麼大，我現在卻沒地方可以去了！喔！不只現在，將來、將來的將來，我都會沒地方去了……抓耙子是最可惡的人類，比李香香還討厭一千倍、一萬倍……我的人生完蛋了，徹徹底底完蛋、臭雞蛋了……

躲進黑幽幽的「鬼洞」——廢棄的防空壕。我蹲著身子，抱著膝蓋，哭得昏天黑地。鬼洞內一向漫騰騰又刺辣辣的尿騷味，現在也聞不到了。

完了！死黨們不會再理我了。失去了她們，我只能孤獨的走在操場，沒人和我玩跳房子、盪秋千；沒人願意你一口、我一嘴的分吃東西；放學時，沒人願意和我一起排路隊，踢起一腳腳的沙土……

天黑了，鬼洞裡更黑，我未來的人生一定又比鬼洞黑！天呀！我該怎麼辦？

「阿滿！何滿足！妳有沒有在這裡？」

蔡素雲和劉美麗在叫我，我不想回應。繼續有一下沒一下抽搐著氣管，哭我天大地大的冤情……

她們站在洞口，兩個小小的身影，歪歪扭扭擋住最後幾線陽光，鬼洞更黑了，我怕！

她們踩著顛顛顫顫的步子，四隻手摸貼著黑泥牆、划趕著黑空氣，冒著生命危險走進來……

「還好！蔡素雲想到妳可能會躲在這裡，真的就找到了！謝天謝地！」

「大火龍差點把學校都翻過來找了，急得亂叫亂罵，還說妳作文雖然得到全校第一名，也不可以高興到亂衝亂跑。他命令大家幫忙找。天色再晚一些，就要去派出所叫警察了！他說女孩子問題多，比不得男生，是經不起不見的！」

「鬼洞很可怕的，阿滿妳別哭、別再哭了！妳不是抓耙仔、妳不是故意的、妳不是大壞蛋、妳不會出賣朋友，大家都知道、都知道……走！天快黑了！這是鬼洞耶！我們走，快回家去！」

「哇！」我又大聲哭了！原來她們倆就是包青天，不枉費我常常行俠仗義保護她們。可是呀！可是，那兩個屁股挨藤條的男生呢？他們會記恨一輩子呀！

「妳放心！我們已替妳解釋清楚了。那兩個臭男生也說：『好男不跟臭女鬥。』不跟妳計較了！」

「真的？」

「真的！沒騙妳。」

哈！鬼洞裡沒有鬼，鬼洞是天下最光亮的地方。我們手牽手，高高興興、蹦蹦跳跳走向回村子的路。

但是，我高興得太早，絕對太早了……

ㄊㄠ ㄊㄧㄝˋ

為何高興得太早？

那篇比美國國父還要誠實的作文，不只害我差點活不下去，還害我要在全校小朋友的掌聲中，走上司令臺去接下校長所頒發的獎狀、獎品。

四年丙班一定沒真心拍手，一定在臺下噓我、罵我。我確定！

我心一橫，把獎狀撕成碎片，手一揚，就變成漫天飛舞的蝴蝶，全部飛進學校後邊的小溪。獎品：兩打鉛筆、兩盒蠟筆，則當成「堵口費」，轉送給陳明祥、張茂樹。雖然得到了一句「謝謝」，卻換來我三天的心痛。

喔！在臭黃筍乾廠工作一整天，也買不到那些東西的。

當然，阿爸、阿母都不知道他們第七個小孩正面對一場宇宙大災難。大哥、二哥可能是有點同情心，但只用賊閃閃的眼睛看著我，看著我去撞牆、去碰壁，一點忙也不肯幫。

更可怕的災難還在後頭——我的作文——我要一個人單獨吃一粒蘋果的「最大的願望」，

被黏上紅彩條及「全校第一名」的大金字，貼進文化走廊了。

隔天上課時，李香香問大火龍：「臺灣話叫貪吃的人是『妖鬼』，那國語呢？」

大火龍臉一板，冷冰冰的霜就凍結在他眉毛：「不可以說方言！臺灣話是方言，在學校及公眾場合都不准說、不准講，講了要罰一塊錢；升旗典禮時，還要掛著『我不再說方言』、『說方言真可恥』的木牌，站在司令臺旁邊，面對全校的小朋友，很丟臉的！聽到沒？」

嘿！公主也會挨罵，活該！笨該！大頭該！

但是——阿母、阿母的阿母、阿母的阿母的阿母……教我們說的話，為甚麼是「可恥」？在學校怎麼不能說？說了又為甚麼要被處罰？我一直覺得好奇怪呦！

接著，大火龍在黑板上寫下兩個好難好難的大字：「這兩個字是『饕餮』，注音符號是『ㄊㄠ ㄊㄧㄝˋ』。牠很兇、很貪吃，是古時候人人討厭的大怪獸，沒人打得贏牠。」

從此，放學路上，李香香帶著她的死黨，用食指划著臉頰羞我：「何滿足，見笑死人！想撿別人丟掉的蘋果吃，羞！羞！羞！妖鬼！妖鬼！大妖鬼！」

在學校裡，她們對著我喊：「ㄊㄠ ㄊㄧㄝˋ！ㄊㄠ ㄊㄧㄝˋ！ㄊㄠ——ㄊㄧㄝˋ！——」

那兩個字音，臺灣話明明是「偷拿」的意思，罵小偷才用的。

我氣炸了！撿與偷差很大耶！她們白白布硬要染作黑！我是不打女生，要不然！哼！全部圍上來，我用兩根手指就打得她們當狗爬。

但是，曾經被我打得當狗爬的臭男生，也一個個出現，報起老鼠冤來了。他們衝著我嗆「妖鬼」、罵「ㄊㄠ ㄊㄧㄝˋ」。那四個字音，不是被喊出來、吼出來，是像口水一般，被呸出來、吐出來。

我瘋了！完完全全瘋掉了，真的變成黑鬥雞，從早到晚，高高豎起衝血的雞冠、撐開脖子的羽毛，「喀！喀！喀！咕！咕！咕！」追著敵人幹架。

那一陣子烽火連天，我身陷重圍、孤軍奮戰。平靜的日子好像一去不回頭了……

放學後，所有小朋友都走光了，校園裡空蕩蕩。秋風捲起一地沙沙響的黃葉，墜呀墜！旋呀旋的！就像我追不著、拿不住的心思。好幾次，我徘徊在文化走廊，遶著圈圈數步子，越遶心頭越煩躁。

上了鐵鎖的玻璃櫃，把我無邊無盡的苦惱，鎖進透明的牢籠。米灰色的稿紙、紅色的格子、黑色的毛筆字，一張張、一格格、一字字，都變成李香香及臭男生的嘲笑、都是我天大地大的羞辱。

那是我的第一名！但這第一名，已害得小小鳥很久不能飛就飛、叫就叫了。

撕掉！撕掉它——我心裡吶喊著！

蹲下地撿起一粒蘋果，喔！不！一粒石頭，用力一砸，「乒！——乓！」整片玻璃就會碎掉、裂出大窟窿。伸手探進去，捉住紙角一小片，往上一撕，「咧——嘶——」，第一名的作文、第一貪吃的丟臉，就可以不見了！

對！撕掉它！很簡單，兩三秒就可完成的小事。玻璃砸破後，手向上一舉高，搆不到的話，還可用跳的。往上一衝，像貓咪忽地伸出尖爪，五爪神功一使，撕掉、抓掉「大妖鬼」、「**ㄊㄠ ㄊㄧㄝˋ**」的證據，關在牢籠的小小鳥就可以飛出去，飛上高高的青天、白雲的故鄉去了……

但是，只撕我的——不就等於公告天下是我——我——何滿足幹的嗎？所以，要撕就要全部撕，撕得乾乾淨淨！

但是，撕掉全校每年級的前三名，那麼——那些——存在櫃子裡，長大後要當律師、當工程師、當發明家、當總統的「最大願望」，會不會就毀掉了？那些要環遊世界、要孝順父母、要成為世界偉人的「最大願望」，會不會就落空了？

喔！不、不行！不能為了我「一個人單獨吃一粒蘋果」的願望，就害他們「偉大的」、「有用的」、「造福人類」的願望，全部都破掉、滅掉……

我承認我是無惡不作的壞小孩，但我不想被詛咒下十八層地獄！我很會打架，但不一定打得過牛頭馬面！

但是，不撕掉，這些「最大的願望」會展示一年，一年耶！我會被嘲笑一整年，甚至更久、更久……

大偵探福爾摩沙！喔！不！錯了！福爾摩斯！你在哪裡？教教我要怎麼辦？我保證，渡過這個難關，我就不再欺負你們臭男生了，好不好？拜託啦！

等了好久，福爾摩斯在遙遠的英國趕不過來。我放下手中的石頭，蹲在走廊，頭埋進膝蓋，又嚶嚶哼哼哭了起來！

天又黑了，全黑了……

冬天來了，從寒水潭、大尖山、雞胸嶺吹下來的冷風，把梅仔坑大街吹得冷瑟瑟，把厚棉襖、套頭毛衣也都吹到人們身上去。

天公伯、觀音大士、玄天帝爺公、耶穌、上帝、聖母瑪麗亞……可能是疼惜我、可憐我，也可能是被我一個多月來的哀求，搞得煩透了。所以，祂們聯合起來讓「大妖鬼」、「ㄊㄠ ㄊㄧㄝˋ」的嘲笑，也隨著寒流降溫了。

冬天，筍乾外銷是淡季，工廠內沒甚麼活可幹，我擁有較多的時間四處野；當然，阿母也擁有較長的時間皺眉頭。

寒流中，俊逸哥哥圍起了四姊編織的狗尾巴。黑綿綿、細茸茸的毛海，把他的白牙襯托得更晶更亮。四姊背英文單字時，常痴痴發呆或偷偷微笑。而我這個小郵差卻很久沒賺到走路錢兼堵口費，好像被解僱了。

每天上學前、放學後，我還是都偷偷遶到文化走廊，瞧一眼我最大的痛苦。我如今最大的願望，就是讓它變不見，永遠變不見……

聖誕節快要到了，下了課後，大火龍教我們用紅蠟燭、亮星片打扮教室，白白的棉絮一團團黏貼在玻璃上，教室就飄起雪花。他真的是勞作高手，零零碎碎、破破爛爛的東西，一經過他的龍爪改造，就像被魔棒點過一樣，全部改頭又換面，新奇又神奇。

他真的很努力變魔術：把天主教堂壁畫裡的天使，也變出來飛翔在教室的半空中。小天使的臉，是他用美工刀細細雕的；一雙翅膀，是他去菜市場討鵝毛黏的；那身雪白的長袍子，是他用自己的襯衫裁剪的。

教室後頭，他撿來一個餵豬用的木槽，刷洗得乾乾淨淨，裡頭還放著一個笑嘻嘻、包著小被單的紅嬰仔。小小腦袋瓜子上有一撮頭毛，彎成柔軟的驚嘆號，這樣幼幼嫩嫩的紅嬰仔，竟是枯乾的大龍爪縫出來、做出來的！

牆上的壁紙畫了一大群綿羊，尖硬的頭角繞成大圓圈，貼在耳朵旁，牠們要怎麼打架呀？三個拿長枴杖的白鬍子老人，在星空下看著小紅嬰仔微笑。奇怪！外國放羊的牧童怎麼那麼老？老到跟糾纏我的周公爺爺像極了。

我們幫忙大火龍收集空盒子，包上金、紅、藍、黃、綠的色紙，變成七彩燦爛的禮物，全推放在他砍來的、掛滿小燈泡的聖誕樹下。盒子雖是空的、擺好看的，我總覺得滿滿的快樂隱形著。

全校只有四年丙班這麼熱鬧，因為大火龍是戴十字架、信奉上帝、耶穌，嘴巴唸「哈里路亞」的教徒，跟拿香拜拜、燒金紙、唸「阿彌陀佛」的大人們，有很大的不一樣。

天助叔公常說：「人嘛！有量才有福。」我立志當有肚量的小孩，因此，早就原諒大火龍，不再計較他的藤條、白目及其他亂七八糟的事了。

我問他：「你……不，您！老師您每年都做這些東西嗎？」

「對呀！我家從爺爺起，就受了洗、信了耶穌。年年聖誕節一到，都隨著我老爹爹沿路掃雪，上野林子砍樹。我那婆娘也背著才出生不久的小小子，煮起聖誕大餐來，忙得團團轉。四歲不到的寶貝ㄚ頭，紮兩隻麻花辮，也奔過來、跑過去的，陪著我那綁小腳的老娘親畫天使、包禮物、掛金鈴鐺，要忙一個多禮拜哪！」

「您也有一大群家人呀？」

「嘿！傻孩子，沒有人天生是一個人的，知道嗎？」

「是喔！那……那您家的老爹、老娘親、婆娘、小小子、寶貝ㄚ頭呢？到哪裡去了？怎都沒見過？」

「子彈炮火滿天飛，衝散了，家毀了，再也不知道了！」

「您趕緊去找呀！」

「怎麼找？到哪裡去找？怎找得到？……」

他的眼睛穿透我，直直望向教室外明明亮亮卻又冷冷颼颼的冬陽。

「能找就好了！能找就好了！……」他聲音壓得好低好緊，憋在喉嚨裡——像沸滾的開水。

低下頭、垂下手，停住了鋸子，也放下了木板，過了一百年之久，他才抬起眼睛，望向空中的小天使，傻痴痴、愣登登地又望了一千年之久……

他在想甚麼呀？想要向小天使借頭頂的小光圈？或是背後的大翅膀？

……眨了眨大龍眼，他的睫毛像飛蛾的兩片翅膀，沾了水又破了洞，噗噗！啪啪！——啪啪！噗噗！——震動了好幾下，卻蕩不起空氣、飛不起身子……他歪側著臉，轉過頭去，老龍背朝著我，又拿起鋸子繼續幹活兒了……

隔天的勞作課，大火龍又笑咪咪了。他教我們裁剪紙板做聖誕卡——畫上幾掛金鈴鐺、兩隻大麋鹿，車上要塞滿脹鼓鼓的禮物，雪花漫天跳著舞，紅衣白鬍子的胖爺爺，還要背著一個墜沉沉的大布袋。

他說——那就是新的年、舊的歲，全部加起來的祝福。

我們沒有遠方的朋友可寄，死黨們就互相送來送去。蔡素雲、劉美麗、黃秋月、張美秀真的夠朋友。為了安慰被「最大願望」折磨好幾個月的我，她們把全天下的好話，都寫進小卡片了。

可是，那些好話卻安慰不了我，因為，最可怕的事要發生了——文化走廊貼出一張大公告：梅仔坑鄉公所要借學校的大禮堂舉辦村民大會。

天呀！十八村，一村一村的開，超過半個月哪！

每一天，阿爸都會去打掃大禮堂；每一天，他都會在學校裡走過七八回。除非用塊黑布把他的眼睛矇住、除非把文化走廊變不見，要不然，他絕對會看到我的第一名，沒看到也會聽到，沒聽到也會嗅到……

梅仔坑是透明的，你看得我一清、我瞧得你二楚；誰家十年前遭過小偷、誰家新買半舊的電視機、誰跟誰為了誰吵了一大架……都休想瞞過一張張豎起來的耳朵。而耳朵到嘴巴的距離果然最近，「咻！」一聲，就傳遍全村全鄉，野火般的蔓燒起來。

更要命的，誰是誰家的小孩，大人們瞄一眼就辨認出來。

——有次，阿母頭痛，叫我去買感冒藥。我逗一逗小黃玩，又跑一跑大馬路，就把藥名逗丟了、跑掉了。到了西藥房，只好胡謅亂編，指名要買「三隻雨傘標的『友露安』」——電視上廣告的。

老闆娘看了我一眼：「妳叫阿滿對不對？妳剛出世時，像一粒鼻屎大，我就抱過妳、幫妳噓過尿。妳愛哭死了，半暝嚎到天光，嘴坑裂得像大河溝，害妳阿母睏不落眠床，兩個目眶黑嚕嚕。」

她胡說！我才不相信！小時候愛哭不是真愛哭，算不得準！何況，我只是來買藥的。

「是誰要吃的？」她好像又要幫我噓尿似的，從櫃臺後面探出兩隻胖胖的手臂來。

我嚇得往後退：「我阿母！」

「喔！妳阿母吃的是雙貓牌的『傷風友』，妳阿爸吃的是紅盒子的『風熱友』。買錯了，妳要再走一趟哦！」

「我阿母說要換吃別款牌子的！」我大聲說，很不服氣。

她要笑不笑的臉很大，不只像圓圓的肉餅，更像左擺右轉的電風扇。

拿出一盒友露安，她兩眼勾著我，哼著鼻子：「死查某鬼咧！死鴨仔硬嘴盃！我等咧！

就等妳被罵到臭頭，再跑回來換藥！」

不到十分鐘，我果然就跑回去換了。

天呀！我在亂想些甚麼？我是不是被嚇掉魂了？

村民大會——一村村的阿伯、大叔、舅公、嬸婆、阿姨……都會來禮堂，都會走過文化走廊，都會瞧見我那最大的願望。

天哪！我全身的汗毛都立正了……

梅東村白頭毛、白鬍鬚的老村長，或許會歡頭喜面地對我阿爸說：「老何！恭喜呀！阿滿作文比賽得第一名！貼在告示欄，你有看到無？」

過山村的「臭嘴德」，嘴巴臭遍全梅仔坑，不管是大人或小孩都聞得到。他一定會接著說：「哎呦！老何呀！你若不識字，我來講給你聽！可憐喔！你生的查某囡仔——阿滿，愛吃蘋果，愛吃到想要去撿人家不要、丟入垃圾桶內的。你做人的老爸，怎可以讓伊可憐到這款樣呀！伊被你取名叫『滿足』，就要滿足伊最大的願望。無錢，講一聲我就會先借你。你若無還，我就當做丟入寒水潭內，不管有無『咚！』的一聲，都不會侵門踏戶去向你討的啦！」

他們一定會一直笑、一直笑，拍大腿、摸鬍子、仰起頭哈哈咧咧地笑，笑到鼻子撐開、嘴巴歪掉……從梅東笑到梅南、從梅北笑到過山……那「哈！哈！哈！嘿！嘿！嘿！」的聲浪，會淹、嘩啦啦地淹；會衝、滾騰騰地衝，淹到望風臺、衝到大尖山、金鳳寮……淹沒掉整個梅仔坑鄉。

……阿爸回家後，可能會緊抿著嘴、盯著我看，不打死我也會看死我。而且，竹籬笆就圍在屋子四周，他隨手抽起來的「家法」，彈性絕對不輸藤條……他會——或許會不罵一聲、不問一句，對著我就一頭一身霹靂啪啦地抽打……他從來不打女兒，女兒是歸給阿母管教的，但這回不一樣，他一定下得了手，下狠狠的毒手……

一天開會一村，一村毒打一回，總共十八回耶！我還能活嘛？

喔！我決定去打破玻璃、決定去撕掉「我最大的願望」！

只有打破、撕掉，我才能活下去……

但——沒人要陪我去，所有的死黨都不敢。不只她們不敢，我也不敢。

打吧！挨打吧！硬起頭皮、擦好薑汁，打過了，痛一痛，哭一哭，擦乾眼淚就可變回好漢，變回漫畫裡梁山泊的好漢，就可從良去。喔！不！從軍去。丟臉丟到十八村了！我只好離開家了。但，有軍隊要十一歲的女兵嗎？

十八村，打十八回！

我就算忍得下，阿爸受得了嗎？他一向不愛說話，他最可怕就是不說話……

萬一，他拿著竹篾片，盯著我，血紅紅的眼睛看著我，不說話，鎖著嘴、不說一句話……那——那竹篾片說不定就不打我了，會一下下打往他自己的頭上、身上。兩年前，阿公的棺材要抬出門，我就看到披麻戴孝的阿爸，不哭、不嚎、不說話，只是掄起拳頭，一拳一拳搥打自己的胸口……

我要怎麼辦？我又能怎麼辦？

聖誕節的氣氛越來越濃，歲末的村民大會也開始了。一村又一村的戶長像冷空氣一樣，來了又走、走了又來。我全身皮肉都繃緊了，一顆心懸起來吊著；大大小小的神經，更是嘎嘎地拴扯到極限。

縮起頭、藏住尾，英勇善戰的黑鬥雞，變成怕光畏人的小老鼠了。

可是，好奇怪！阿爸沒動靜，沒問、沒提、沒打、沒罵……

一切好平靜、好安靜！尤其是教室裡熱熱鬧鬧的裝飾，在聖誕前被全部拆除後，更是靜到冷冷清清……

都是那個滿口臺灣國語的訓導主任害的！

我們一向很討厭他，因為他也是長舌怪，最愛在大太陽下訓話、喊口號；又愛大聲唱國歌，只不過他唱的「三民主義，吾黨所宗」，我再怎麼認真聽，永遠是「三碗煮麵，五碗煮湯……」

兩三天前，他走上司令臺，用怪腔怪調說：「大陸進行很久的『批孔揚秦』，大大傷害了我們偉大的中華文化。」

廢話！我們學校有「愛國國樂社」，那種用兩把小小的竹棰子輕輕敲，就「叮叮！咚咚！」響的揚琴，要是被「劈」了一個「孔」，那不是大傷害是啥？還要講半天？不過，這樣子就連帶傷害了偉大的中華文化？有那麼嚴重嗎？

訓導主任又說：「孔子是至聖先師，怎麼可以批判？秦始皇是萬惡暴君，怎麼可以讚揚？因此，教育部下了一道命令：要學校大力宣傳孔子是我國唯一的聖人，外國人的都不是。從現在開始，不可以叫『聖誕節』，要說『耶誕節』；任何外國宗教的東西，都不准擺在教室裡宣傳……」

啥？聖人還要分同國、不同國呀？跟我們小孩子吵架一樣嘛！

為了啥不讓外國人當聖人？

——梅北村的瘋霞全身光溜溜偷跑出來，她滿頭白髮的阿母跟在後面大嚎大喊，整條街的女人都會幫忙追，脫下外衣替瘋霞遮掩。

另外，去臺北念書的大男生回來了，甩動一頭驕傲的長髮，哼起洋曲子，厚底皮鞋「啪噠！啪噠！」踩街去。警察大人瞧見了，立刻「嗶……嗶……嗶……」吹起刺耳的鐵哨子，舉起半截的警棍，追得這群「披頭四」、「阿飛族」滿街打跌。

一抓到，絞扭起胳臂，押進中山路的派出所。過不了多久，人雖然放出來了，頭頂上也被開了一條中山路，不寬不整，凹凹凸凸、坑坑疤疤的。是剪刀剪的沒錯，但跟狗啃的也差不了太多……

所以，我明白了——釘在十字架上的外國耶穌，不能當我國的聖人，一定是因為他沒穿衫、沒穿褲，而且頭髮也太「披頭」、太「阿飛」了。

可是，孔老夫子被鑄成銅人，一直罰站在校門口。他不只佩著一把殺人用的長劍，也留著一頭長髮呀！他灰鬍子垂到肚臍了，為何還要當「老阿飛」，一身一骨的臭屁樣蹦跳給小學生看？他為甚麼就可以當聖人？警察為甚麼不抓他？訓導主任為甚麼不管他？

本國的聖人站在校門口，外國的聖人住在教堂。我上學校常被大火龍打手心，上教堂卻可以聽修女說故事，又可排隊領麵粉——只要右手在額頭、心口、左右肩各點一下，畫出一個隱形的大十字，再大喊一聲：「阿門！」就可以歡天喜地扛一包麵粉回家去。所以，外國的聖人並不比本國的差呀！……有一次，張茂樹領麵粉時，心一急，竟大叫一聲：「阿窗！」把神父的牙都笑歪了……

麵粉吃光光了，袋子還可拿來縫內褲或背心，大人說那種棉布超吸汗，穿了不會長紅痱子。二哥的內褲，小雞雞的正上方，印了「中美合作」、「淨重十公斤」幾個字。陳明祥上體育課穿的背心，前面是「小心防潮」，後面是「禁止用鉤」。大人常說「有拜有保庇」，幹嘛討厭外國聖人？我家清明、端午、除夕，供在神桌上香噴噴的大碗麵條，也是天主教堂送的麵粉做的。

司令臺上的訓導主任，紫脹的臉像一掛大豬肝，粗嗓門像變了調的大喇叭：

「我們不可以學萬惡共匪，不可以數典忘祖、崇洋媚外，不可以當外黃內白的香蕉！」

我的媽呀！他生啥大氣？我們只知道布袋戲裡有「萬惡罪魁——藏鏡人」。共匪有比藏鏡人壞嗎？「鼠點望主」是啥東東？「蟲羊妹外」大火龍好像講過，可我們怎搞得清楚？人就是人，怎會當香蕉去？香蕉本來就外黃內白呀！有啥不對勁？

更不對勁的是——站在最前面的大火龍，突然變成了大暴龍，一頭衝向司令臺，瞪大龍眼、脖子蹦滿青筋，對著訓導主任大吼又大叫：

「宗教分甚麼他媽的國、他媽的界！誰說全家團圓就是崇洋媚外？誰說過聖誕節就是數典忘祖？直娘賊！誰不想家？誰不想回老家？是誰害我們妻離子散？是誰阻止我們回老家？」

訓導主任嚇了一大跳，接著也用相同的姿態、一樣的聲量回嗆。一個用臺灣國語、一個用外省國語，越嗆越急、越急越大聲……嗆罵到後來，一個用臺語，一個用土話，咂咂咕咕！嘎嘎疙疙！嘩嘩啦啦！沒人聽得懂了……

大火龍請了兩天假，再出現時，整個人更老了……

他搬來了木梯子，爬得高高的，把半空中飛翔的小天使抱了下來，把聖誕樹、養豬槽、紅嬰仔、大壁畫也全都收了起來。

我們靜靜地圍繞著他，他一項一項做，不讓我們幫忙。

禮物

聖誕！喔！不！耶誕節真的就來了……

前一天，修女和神父按照慣例教我們唱詩歌：

雪花隨風飄，花鹿在奔跑，聖誕老公公，駕著美麗雪橇。
經過了原野，渡過了小橋。隨著和平歡喜歌聲，翩然地來到。
叮叮噹、叮叮噹，鈴聲多響亮！叮叮噹、叮叮噹……

唱著、唱著……笑呵呵的聖誕老公公真的出現了，雪橇沒駕來，大角花鹿也沒半隻，但是，整個梅仔坑大街立刻熱鬧滾滾。那陣仗當然比不得玄天上帝出巡、觀世音菩薩繞境，也缺少揮狼牙棒、舞鐵刺球，把肉背打得鮮血噴濺的乩童來助興。但是，你推著我、我擠著你，暖呼呼、喜滋滋的感覺，讓每隻眼睛、每個額頭都暢暢快快地發笑。

這時候，信不信上帝、說不說「阿門」，只有笨蛋、臭蛋、王八蛋才會去計較！

我一眼就認出來，聖誕老公公是漫畫店的胖伯公裝扮的。他一身紅衣紅帽、下巴及臉頰貼起銀白色大鬍子。小孩子黏他、追他，接捧他手掌心的糖果、搶他大包袱裡的玩具。銀白鬍子後面的喉嚨，傾倒出一串又一串「呵！呵！呵！」「哈！哈！哈！」的笑聲。每一顆糖果同樣那麼甘甜，每一件玩具照樣那麼逗趣！聖誕改成耶誕，哪有甚麼不同？

睡覺前，我沒在牆上掛襪子。沒錯，廚房屋頂是站著一管鏽歪了的煙囪，但是，伯公那麼老，怎爬得上去？他又那麼胖，怎擠得進去？就算擠進去了，他也沒辦法送給我禮物——因為梅仔坑的小孩幾乎都不穿襪子，就算我翻箱倒櫃找得到一隻，也是大洞小眼的，哪兜得住甚麼禮物？

不過，村民大會全開完了，我大氣不敢偷喘、繃緊一身皮肉的日子，總算挨完了。阿爸沒打我一下、罵我一句，就是外國聖人提前送給我最好的禮物了。

平安夜！真的很平安，我賴在被窩裡睡到飽嘟嘟。

「十二月二十五日為啥放假？不是為了啥聖誕、耶誕，是為了我們中華民國開始實行憲法，小朋友千萬別搞錯了！」那日，訓導主任與大火龍吵架前說得囉哩八嗦。只要一大清早不必趕著上學，管它啥聖誕、耶誕、雞鴨蛋，我嘛！都不反對。不過，「縣法」是啥東東？是不是嘉義縣的「縣法」？為甚麼全臺灣都可以放假？照這樣子，如果梅仔坑、竹崎、民雄、古坑……也都有「鄉法」；梅東、梅南、過山、大坪、雙溪、梨園寮、龍眼林……也都有「村法」，不就天天可以放假、天天睡懶覺？那該有多好！

上午，我們偷抓了阿雄嬸的公雞。臭男生用兩根手指頭堵住雞鼻孔，再將上下硬嘴殼緊緊一捏，三兩分鐘就送小傢伙上西天。不用剖肚、不必拔毛，塗上河邊的爛泥巴，主菜叫化子雞就預備好了。大夥又偷挖了水田叔公種的蕃薯、折了台生大叔黃澄澄的玉米穗。中午，在尾庄的荒田裡，我們焢出一大土窯香噴噴的零嘴。幹這些粗活，我才允許臭男生搭伙，反正他們也不會吃得比我多。

在外面瘋夠了、野足了，我才心甘情願地回家。

一進門，阿爸坐在大籐椅上，伸直了兩隻長腿，閉著眼睛在休睏。十八個村子，一村接一村開的甚麼鳥會，一定讓他累斃了，可千萬不能吵醒他！

我躡起手爪、踮起腳尖，學著貓咪步子，逶過他身旁。

「停落來！」

呀！完蛋了！這下子穩死的了！

難道這時候才要算總帳？就不能原諒我嗎？我怎知道誠實會惹禍？會讓您丟大臉？

……從前，阿公還活著時，餐餐瞪著老眼，監視孫子扒完最後一口飯時，有沒有用白開水沖一下碗，再喝進肚子裡。他說糟蹋食物的人，天會打、雷會劈。飯粒沒吃乾淨，長大後，男的會娶一臉疙疙瘩瘩的「貓婆」；女的會嫁給《梁山伯與祝英台》中最醜、最壞、全身坑坑疤疤的痞子馬俊。李香香忠貞兼臭屁，才咬了兩口的蘋果就丟入鐵皮桶，她不怕天公伯、雷公爺嗎？我去撿她丟掉的蘋果，不只廢物利用，說不定還可解救她，免得她嫁給醜馬俊……

還有，橘子、柳丁、芭樂、鳳梨、龍眼、土芒果……我們哪一種沒偷摘過！可是，全梅仔坑鄉有誰種過蘋果！蘋果是甜是酸？我們哪裡知道！誰不想用上下門牙撬拔起一大塊紅皮白肉，「靠屋！靠屋！」嚼一嚼！「一個人、單獨、吃、一粒蘋果」真的是我最大的願望！小七叔叔說寫作文要寫真的、實的，不能寫假的、虛的，我從沒想要當發明家或蔣總統，我編不出那種偉大的、有用的願望呀！

不過，阿爸您也好可憐，十八天了，您是不是被一村又一村的人嘲笑了幾百遍？只因您生了一個「妖鬼」、「ㄊㄠ ㄊㄧㄝˋ」的小女兒！您穿在裡面的背心早就磨洗得像薄紙，有次，下雨天太無聊了，我拿來細細地數，前胸與後背，大大小小的洞眼，竟然超過五十多個……而您卻給我五十元買新鞋……

好！就讓您打吧！我不塗抹薑塊了。竹篳片打在手心、皮帶抽在屁股上都沒關係，我不逃也不求饒。但是，千萬別打小腿，烙下一條條冒血珠的黑青，裙子遮不住，會被李香香及臭男生笑到死……

「拿去！是張大隆老師送給妳的聖誕禮物。」

阿爸的大黑臉沒表情，聲音也沒起伏。但是，他遞過來的牛皮紙袋卻嗦嗦抖著……

我腦門「轟！」了一大下！耳朵塞住了，眼前黑掉一大片……

啥？阿爸！您說啥？

「拿去！趕緊拿去遠遠的所在，匿起來吃……」

我有沒有聽錯？我在做夢？

「吃完以後，一定要去謝謝張老師，有聽到無？」

我在做夢？我一定在做夢！

那是啥禮物？我沒看，也不用看！

緊緊抓住它，衝出大門，辨不清東西南北，跑不出巷口弄尾……，我變成倉倉皇皇的白老鼠，在鐵線籠內狂奔，卻在原地胡轉又瞎繞。我的心「咚！咚！咚！」撞擊胸腔，一聲聲都是：「不可能！不可能！」　句句都是：「真的嗎？真的嗎？」

瞎闖了好一會兒，小白鼠才掙脫鐵線籠，一步步登上禪林寺的石階，再拐進一叢叢可遮住太陽、擋去雨水的樹林去。

一大片相思樹、竹子林、檨仔樹的最深處，有我的祕密基地。屈蹲下身子，一溜煙就鑽進山菸草、鹿仔樹圍攏起來的洞穴。我鼻孔噴喘亂七八糟的大氣，眼珠子骨碌骨碌轉，千萬不能讓小偷盯上梢、土匪跟過來！

牛皮紙袋緊緊揣在衣服裡，手一伸——喔！是光滑滑、幼嫩嫩的觸感。擎出來、端出來、捧出來！抓著、握著、保護著……是我一個人的，就只我一個人的……十二月大寒天，汗珠竟冒得我一頭一身……

這是夢！一場古里古怪的夢……睡沉一點哪！可千萬別太早醒！

要怎麼咬它？從哪裡下口？咬之前，要不要學李香香在袖子「嘎咯！嘎咯！」摩搓著？到底要摩掉甚麼？搓出甚麼？

呀！原來它的圓有些頭寬尾窄；它的紅帶著沉濁的暗，不是豔亮的鮮；它沒有大石榴的神氣，也少了硬芭樂的重量。

湊近鼻子猛力地吸，嗯！是有點兒果香，但或許是金毛洋人的手掌太會出汗，或漂洋過海太勞累了，它香得有氣無力……

仔細看！它的果柄早就沒了，判斷不出是剪刀剪下的？或熟透落地的？正轉過來瞧，果蒂的凹槽竟然像肚臍眼，打著扭扭曲曲的摺紋，有好幾條。

但……不管怎樣，它還是我最大的願望。

咬下去——我允許過自己的：第一嘴可以咬很大、很大口。

我扯開臉部所有的筋肉，撐開上下門牙，扣住、箝住那紅皮白肉，一撬又一拔，「喀！」咬下來了……

紅皮白肉在口腔裡翻嚼，我關閉眼睛與腦子，打開其他的感官……「靠屋！靠屋！」響不出來，牙齒也不必很費勁，沙沙綿綿的，不甜又不脆……

不行！好幾個月了，為了這個最大的願望，我被嘲笑「妖鬼」、「ㄊㄠ ㄊㄧㄝˋ」好幾個月了。

不可以只有這樣！怎麼可以只是這樣？

第二口，一樣！第三口、第四口……它還是那樣，真的只有那樣。土生的紅心芭樂、到處長的鳥仔梨，甚至荊棘裡的紅草莓，也都比它有滋有味。

唉！我有些了解李香香了。好吧！三天不罵她、五天不扯她辮子，以後也不把死青蛙藏在她抽屜裡了！

渡過鹹海水的紅蘋果，滋味就這樣而已！但阿公說過：苦瓜、破布子、芥菜……凡是不爽口的東西，只要細細嚼、慢慢吞，就會從喉嚨透出好滋味，留住一嘴的甘香。

嗯！要好好地吃它，一小口一小口啃它，一定要吃得很甜很香才可以。要不然，怎麼對得起被砸得一頭一臉的小黃？對得起屁股挨藤條的陳明祥、張茂樹？對得起被嘲笑的阿爸？

吃完它、啃光它，啃到只剩小小的一枚核心！門牙、臼齒、舌頭、肚子幫我完成最大的願望了，我何滿足真的滿足了嗎？嗯！應該有的！絕對要有的！

我睜開眼睛，長長地呼吐一大口氣。嗯！我是幸福的小孩、最快樂的小孩！從今以後，心甘情願浸泡在筍乾廠，不抱怨了，再也不抱怨了……

但——那位送我最大願望的大火龍呢？

平安夜他平安嗎？聖誕節他快樂嗎？天就要暗了，他家的四面白牆，就只晃動他一條黑身影，他會不會害怕？一個人要怎麼吃飯？能吃得飽嘟嘟、香噴噴嗎？他啃過蘋果嗎？他買過蘋果送給小小子、寶貝ㄚ頭嗎？

阿爸說要好好感謝他，天助叔公也常說：「吃果子要拜樹頭。」

幹嘛要拜樹頭？栽種出有頭有尾、有枝有葉、又長得出蘋果的大樹，不是比拜東拜西、跪南跪北更好嗎？

對！去跪！不！去種！

用他送給我的聖誕禮物，用我最大的願望去種！就種在他宿舍小小的院子。等蘋果熟了，我們猴手猴腳地爬上樹、摘下果，他一定都會笑嘻嘻地看，不罵、不打，不會像小氣巴啦的火旺伯公拿著竹竿，追著偷摘芭樂的小孩，又揮又罵的……

下定決心了！

小小黏黏的蘋果核，躺在我的手掌心，它將會是梅仔坑的第一棵蘋果樹。我會天天替它澆水、抓蟲……

喔！要快跑！不能跑輸太陽公公，一輸，就找不到溼軟的泥土可種了。學校裡凡是烏漆麻黑的地方，說不定都藏著鬼！大頭鬼、無鼻鬼、吐舌鬼……唔！嚇死人……

「咻！」一閃，兩條影子奔過來，一個跑、一個追，就停在祕密基地的前方。

哇！我身子一縮，背脊發涼，從頭毛尖到腳趾甲，全顫起哆嗦……我的阿母呀！怎麼天還沒全黑，鬼就跑出來了？

呼呼的冷風夾帶低低的哭聲，哀哀怨怨又氣氣惱惱，有天大委屈似的。光天化日跑出來嚇人的鬼，妳哭甚麼哭？

但是……咦？不是？——是？那聲音……

不對！那聲音……有點像……像四姊！

對！四姊！是她，她怎麼了？

我天慌地急了，兩腿一蹬，跳起來就向前衝，卻一頭撞上洞口，疼得我齜牙咧嘴，摀著額頭，又蹲了下去……

「對不起！對不起！」

咦！他？俊逸哥哥？發生啥事？

他幹嘛一直向四姊說對不起？

祕密基地前雜七雜八的樹葉，藏得住我的身子，卻遮不住我眼睛、擋不了我耳朵……

——四姊一隻手被他拉住了，一隻手摀著臉，別過頭，還是在哭。

她怎麼了？他們鬥嘴嗎？啥事惹她哭？

她最不愛哭，哭了，就一定是大事！

俊逸哥哥還是圍著那條毛茸茸的圍巾，黑亮的臉，大冷天竟脹得通紅。他一直在賠不是，一直不放手……

我最近才知道，買毛線、英倫心心口香糖的錢，都是四姊在學校挨餓，省下午餐錢買的

——喔！那可不能怪我！她日記大剌剌躺在抽屜裡，我眼睛一瞥，不小心就看光光了呀！

「我真的喜歡妳才會這樣，對不起！對不起！下次不敢！一定不敢了！」他彎腰又鞠躬。

不敢甚麼？他打她、罵她嗎？他敢？

好！衝出去，撿起一塊硬石頭，往他身上就死命地捶、死力地砸！那是打敗強敵的唯一辦法……雖然——那是他，我最愛看的他，笑起來就星光燦耀的他，送小黃黑項圈的他……

但是，即使是那個他，也不可以欺負我的姊姊！小黃、二哥、四姊都是姓何的，有我何滿在，就不准、不准外人動他們一根汗毛……

「對不起！是我不好，是我情不自禁。別哭！別哭！我負責，絕對負責！一定會負責到底……」

負啥責呀？到底發生了啥事？需要他「負責到底」？

四姊還是一直哭，還是不轉頭看他。但是，她的手還是被牢牢握著、牽著，也沒有要甩開或走人的樣子。

「別生那麼大的氣……我只是不小心碰了一下……妳還是好好的，真的完完全全好好的……我、我也是不敢的。那樣子不算。禁果……我們沒真的吃。那樣——不算偷吃的。我發誓一定保留著，保留到妳嫁給我……作為最神聖的禮物……」

哈！原來他們也是躲來這裡吃水果的。

他們偷吃的叫「禁果」，不是蘋果。也是大火龍送的聖誕禮物嗎？

「禁果」是啥東東？好不好吃？為啥現在不能吃？留到四姊出嫁，那要等多久呀！放太久了，會不會就枯掉、萎掉，不甜不香了呢？

而且——嫁給俊逸哥哥！那——那個只愛「殺苦啦」的李香香，會不會聯合她爸爸、媽媽、姊姊、弟弟，欺負四姊一個人？我又不能陪四姊嫁過去，當她的保鑣，孤孤單單又不會打架的她，要怎麼辦才好？

兩人偷吃一個水果，有啥大不了的？四姊為甚麼哭？還哭得那麼氣惱？

可是，她卻沒大罵、也沒跺腳……

現在，她竟然還笑了，紅著臉、閃著淚珠，抿著嘴兒笑了……

她又被俊逸哥哥拉進胸膛了，兩個人捱靠得好緊好緊。他打籃球的手臂圈著、繞著她，她全陷進他的強壯了。

呀！他的頭俯下去、低下去，對著四姊的嘴貼下去了……

唔！不能看！會長針眼的。

阿母說小孩偷看不該看的，天公伯會罰重罪，眼睛會眨巴眨巴流淚油，紅成小白兔……

我只睜開一條細縫，沒看得很清楚，天公伯會罰輕一點吧？

他們兩個頭貼併在一起，像春天的燕子，吱吱喳喳、呢呢噥噥，軟不溜丟的聲音，害我全聽不見了！

哇！他們又手牽手走了，從相思樹、竹子林、檨仔樹的最深處，一路走出去了。

搖呀搖！

都是他們倆害的，我真的跑輸太陽公公了。

不過，天再怎麼黑、風再怎麼大，蘋果不能不種，不種入軟軟溼溼的泥土，那枚心就會枯掉、死掉。長不成大樹、結不出紅豔豔的果實，就對不起大火龍了。

我氣喘吁吁跑進老師宿舍區，一間又一間的矮瓦房，已空出很多家沒人住了。筍乾廠的阿桃姑婆，曾板著一張皺巴巴的臉說過：「那位無某無猴的張老師，天下第一等凍霜，勤勤儉儉，一元當做十元用，不買房、不買地，賺錢不知是要帶去大陸享受，或是帶入棺材墊底？」

下次，再聽到這樣的鬼話，我一定會站起來用力嗆聲：「不准黑白亂亂講！天公伯會割壞人的嘴舌。張大隆老師替劉美麗繳學費、帶蔡素雲去看醫生、為張茂樹買新書包……還送給我一粒大蘋果——全世界最香、最甜、最好吃的大蘋果。」

不過，大火龍真的好節儉，他穿的衣服，不管長袖、短袖、厚的、薄的，領子口和袖子邊都磨出細毛來了，他腳上的布鞋也是大洞小眼的。

有一天下午，我們擠在他小小的客廳包水餃，屋外轟起了大雷雨，屋內竟也下起毛毛細雨。大火龍教我們用水桶、鍋子去接漏水，最後連碗公、盤子、醬油碟也都拿了出來。

那場雨下得很起勁，「叮叮！咚咚！吭吭！噹噹！」比敲鑼打鼓還熱鬧。他又高興了，教我們唱起歌來，一首他家鄉的山歌：

嘿！——嘿！——
漫天大雨直直落，回家路途長又遠。
跑過山崗涉過河，淋溼一身全不憂。
在外奔波心裡樂呀！心——裡——樂！

嘿！——嘿！——

爹娘倚門等我歸，進得屋內兒抱腿，

踏進廚房熱湯備。哎——呦——喂——！我問我那俏婆娘，

擦粉戴花為了誰呀？

為——了——誰——？

唱呀唱！老龍眼笑瞇了，踏起步子、擺盪龍爪，繞著屋子跑呀跑，一副衝回家看爹娘、喝熱湯，讓丫頭、小小子抱大腿的快樂樣……

天已經全暗了，外國聖人的生日，大頭鬼、無鼻鬼、吐舌鬼應該不敢跑出來嚇我吧！鑽進大火龍的院子裡，屋裡透射出黃黃的燈光……

竹籬笆旁邊應該可以的——可以種下大火龍的禮物，長出我最大的願望。我發誓以後他再怎麼白目，我也不會有「蓋布袋」的壞念頭了。

找到一片破瓦，我使出九條牛、二隻虎，外加兩頭大象的力氣去挖。

挖呀挖！挖出好好的坑、美美的洞，把蘋果心植下去、泥土掩起來……梅仔坑土生土長的蘋果，一定比漂洋過海的更香脆、更甘甜。

我的腿蹲得好痠好痲！但是，種完後，還是合起雙掌，跪向玉虛宮的方向，恭恭敬敬、誠誠心心唸著：

「梅仔坑的守護神——玄天帝爺公呀！您千萬要保庇！保庇芽發出來、樹高起來、蘋果生出來。

一顆又一顆的蘋果，要像金鈴鐺掛滿聖誕樹那樣。那是大火龍送的、我何滿足種的……求求您！要又香又甜呦！讓劉美麗、蔡素雲、張茂樹、陳明祥……全梅仔坑的小孩，都不必吞口水，可以直接摘下來吃。」

喔！對了！今天是外國聖人的生日，向祂禱告或許更有用。我鬆開雙掌，轉身跪向天主教堂的方向，在胸前畫起大十字，一聲聲、一遍遍喊起：「阿門！」

「上帝、聖母、耶穌、哈里路亞！您千萬要保庇呀！保庇……」下面的話我重複著對玄天帝爺公的話，一個字也沒改，只在最後加上一句：「除了李香香！」

我移動腳步，慢慢靠近大火龍的屋子。阿爸吩咐過，吃完蘋果後一定要好好謝他。我種好了果核，他應該會更高興的。

他的家沒窗簾——其實，梅仔坑的矮瓦房也很少人掛窗簾。

我看到了——全部都看到了。

那一幕——我想，我再過三輩子也忘不了。

——屋子裡掛著從教室拆下來的大壁畫。那張書桌、飯桌兼茶几用的木頭桌子，收拾得清清爽爽，還燃燒著五六根跳閃閃、亮汪汪的紅蠟燭。壁畫裡三個像周公爺爺的「牧童」，照樣撫著白長鬍子，笑瞇瞇望向餵豬的木槽。

而大火龍他——他左手抱著小天使、右手抱著紅嬰仔，踱著慢吞吞的步伐，遶著屋子走呀走的！

一遍又一遍，他將兩張小臉蛋輪流貼在臉上：

「讓爹聞聞丫頭的奶香！讓爹聞聞小小子的奶香！……哈！你們怕癢！咕嘰嘰！咕嘰嘰！就搔你們的胳肢窩、就用鬍渣扎你們的小臉頰……

呀！我的小小子笑了！才三個月大就笑得這麼大聲！那——以後要吃幾碗飯才會飽呀？

爹老了！怕養不起我的壯小子囉！

喔！放心！爹的傻小子別擔心！再怎麼苦、再怎麼累，爹一定把你拉拔大，將來不管是下田耕種或上學讀書，爹都是你的靠山，穩穩當當的大靠山，就像你爺爺、奶奶是爹的靠山一樣，知道嗎？爹的傻小子呦！……」

大火龍笑得好大聲，龍鬚龍眉全跳起曼波舞……他又柔著眼睛、柔著嗓子：

「我的丫頭！爹最疼最親的寶貝丫頭：好好長大！長成像妳娘一樣漂亮、一樣勤快的好姑娘。爹一定替妳挑個本本分分、憨憨厚厚的大個子。出嫁那天，由爹爹親自送妳上花轎。妳娘心軟又愛哭，不能讓她送！丫頭乖！我的心肝寶貝最乖！

天黑了！要睡覺覺了！爹哄你們倆睡，乖乖睡、好好長大！不怕黑、不怕暗，沒有炮火、沒有子彈、也沒有大野狼，爹在！一切有爹在！」

四周那麼安靜，燭光與燈光潑灑得一屋子暖洋洋……

看著、望著，我的兩隻腳像被灌上了水泥，走不進屋子去道謝了。

聖誕節，他們全家總算都聚在一起了，大火龍爸爸正在哄寶貝丫頭和小小子睡覺哪！可千萬別吵到他們！

嗯！好！我下定決心了，種下去的果核，只要我好好照顧，後年、大後年、大大後年……就一定會長出一粒粒紅豔豔的蘋果來。小小子、ㄚ頭說不定也會想吃……但——他們有多大了？大火龍比阿爸老，那——他的小孩會不會都已經是大人了？

但——不管多大多小，應該都會想吃蘋果吧！我聽天助叔公的話，要當大肚量的小孩，所以，我會大大方方摘下來，親手捧著送給他們；若不能雙手捧、親自送，也會拜託聖誕老公公幫忙轉送！年年聖誕節，一定要讓他們都收到禮物，一定要讓他們也啃咬到一整個地球的香脆……

我慢吞吞提起腳跟、踮起腳尖，用貓咪的步子走出去。大火龍哼唱的歌從我背後傳過來，是那首我們很熟悉的歌——每天中午，午睡時間一到，全班趴在桌上，他就低聲唱，唱好幾遍好幾遍，唱到我們全睡著：

搖呀搖！快快睡，我寶貝！

窗外天已黑，小鳥回巢去，太陽也休息。

到天亮，出太陽，又是鳥語花香。

到天亮，出太陽，又是鳥語花香。

搖呀搖！快睡覺，我寶寶！
兩眼要閉好，爹爹看護你，安睡不怕吵。
好寶寶，安睡了！我的寶寶睡著了！
好寶寶，安睡了，我的寶寶睡著了……

我跟著他哼，輕輕地哼……一路哼出了院子、哼出了校門，哼向梅仔坑大街，哼向阿爸、阿母的燈光：

……搖呀搖！快快睡，我寶貝！
窗外天已黑，小鳥回巢去……
搖呀搖！……好寶寶，安睡了！
我的寶寶睡著了……

【傳記 001】

永遠的童話

宇文正 著

●琦君唯一授權的傳記

知名作家琦君有一個曲折的人生。她的童年，宛如一部引人入勝的童話；她的求學生涯，見證了中國動盪的歲月；她的創作，刻劃了美善的人間。作家宇文正模擬琦君素淡溫厚之筆，從晚年淡水溫馨的家，回溯滿溢桂花香的童年，寫出琦君戲劇性的一生。

【傳記 002】

漂流的歲月（二冊）

莊 因 著

●中國時報開卷周報書評推薦、聯合報讀書人書評推薦

「千百萬人在同一個時期，跟我一樣，歷經了也接受了這樣巨大的動亂。」本書作者成長於中日戰爭、國共內戰之際，且因父親任職於故宮，他自孩童時期就隨著國寶文物的搬遷而遷徙。因此，本書不僅是個人的回憶，也是家國動盪、國寶文物遷徙的歷史。

國家圖書館出版品預行編目資料

駝背漢與花姑娘：汗路傳奇／王瓊玲著.－－初版三刷.－－臺北市: 三民, 2017
面；　公分.－－(世紀文庫: 文學026)

ISBN 978-957-14-5436-8　(平裝)

857.63　　99025649

 駝背漢與花姑娘
——汗路傳奇

著作人	王瓊玲
發行人	劉振強
發行所	三民書局股份有限公司 地址　臺北市復興北路386號 電話　(02)25006600 郵撥帳號　0009998-5
門市部	（復北店）臺北市復興北路386號 （重南店）臺北市重慶南路一段61號
出版日期	初版一刷　2011年1月 初版三刷　2017年5月
編號	S 857720

行政院新聞局登記證局版臺業字第〇二〇〇號

ISBN 978-957-14-5436-8　（平裝）

http://www.sanmin.com.tw　三民網路書店

本書版稅全數捐贈梅山文教基金會，作者並將捐贈同額款項予梅山愛心行善會